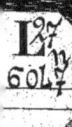
JOURNAL DE BORD

DE

MON FRÈRE ÉMILE

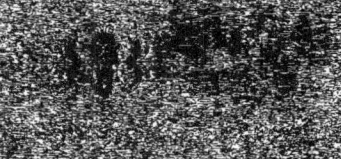

SAVENAY
IMPRIMERIE ALLAIR ET FILS ET RUE DE L'ÉGLISE

1895
TOUS DROITS RÉSERVÉS

JOURNAL DE BORD DE MON FRÈRE ÉMILE

EXTRAIT DE LA « REVUE DES PROVINCES DE L'OUEST »

PAUL EUDEL

JOURNAL DE BORD

DE

MON FRÈRE ÉMILE

SAVENAY

IMPRIMERIE ALLAIR ET HUTEAU, RUE DE L'ÉGLISE

—

1897

JOURNAL DE BORD DE MON FRÈRE ÉMILE

PRÉFACE

Toute famille a son génie particulier qui se révèle par des analogies frappantes chez chacun de ses membres. La physiologie en découvrira peut-être un jour les lois : mais l'arbre de la science n'est pas de notre domaine. Contentons-nous d'en cueillir les fruits à notre portée. Il s'agit d'un naturaliste, et c'est ce qui nous autorise à cet empiétement sur des plates-bandes qui ne sont pas les nôtres.

Un poëte de race l'avait observé avant nous : Chez nous, l'amour des vers est un tic de famille, dit un personnage de la *Métromanie*.

Chez les Eudel, la transmission visible est l'amour méthodique et raisonné de la collection et de la classification, appliqué selon des aptitudes diverses. Le marin dont on va lire le *Journal de bord* était le frère aîné de Paul Eudel, bien connu dans le monde des Lettres, des Arts et de la Curiosité, l'auteur du *Truquage* et d'autres livres devenus le Bréviaire de l'amateur. Mais ce qui rapproche encore plus les deux frères, c'est l'habitude de relever tous les lieux où ils passent, d'en saisir les aspects et les physionomies au courant de la plume dans des instantanés qui servent ensuite à faire des livres.

Le *Constantinople* de Paul Eudel est la vie même avec tous ses accessoires.

Le père de ces deux Eudel, homme d'esprit, fonctionnaire des douanes, mort à Nantes, fabriquait des Ombres chinoises pour l'amusement de ses enfants. Elles n'ont pas été étrangères sans doute au goût du fils Paul pour la pantomime.

Quoi qu'il en soit, cet honorable et distingué serviteur de l'Etat, condisciple de

Sainte-Beuve à Boulogne-sur-Mer, naquit à Agde en 1802, au hasard des déplacements administratifs de sa famille dont le chef devint plus tard directeur des douanes à Bastia puis à Boulogne. Chez ses deux fils, il n'est rien resté de cette entrée méridionale du père dans le monde, mais ils ont bien gardé le sang picard de leur ancienne origine.

Le marin, l'aîné, Emile Eudel, dont un frère, ayant le culte de la famille, s'est fait l'éditeur posthume, vit le jour à Douarnenez, le 31 mai 1831, toujours par suite d'avancement et de déplacements qui firent naître le second au Crotoy. Tous deux, Emile et Paul, furent élevés à Nantes leur patrie d'adoption et de sélection, où ils ont gardé des attaches et où le plus âgé est revenu mourir.

Un Breton a dit de lui : « Il semblait qu'en naissant sur la terre bretonne Emile Eudel eût reçu en don les qualités essentielles du Breton... » Si les enfants deviennent soldats dans les villes de garnison, la terre ferme ne doit guère tenir sous les pieds de celui dont l'Océan est le premier miroir. Il est difficile de ne pas l'avoir constamment sous les yeux à Douarnenez. Il décide de la destinée.

A quinze ans Emile Eudel ne manqua pas à la sienne et bien que le négoce ne fût pas son fort, il s'embarqua à Nantes, le 1er août 1846, pour la Réunion, où un oncle, Charles Eudel, voulait en faire son successeur dans ses affaires commerciales. Ce voyage, a écrit un homme compétent, M. Ed. Bureau, professeur au Muséum, décida de sa double vocation de marin et de naturaliste. Dès le premier jour il observe et consigne tout ce qu'il voit, tout ce qu'il ressent, et commence un journal de voyage qu'il continuera jusqu'à sa mort. Rien n'est plus attachant que la lecture de ces pages. Elles commencent par les émouvants adieux que fit à sa famille cet enfant qui ne l'avait jamais quittée, et qui s'en allait seul à l'autre bout du monde pour plusieurs années. Mais bientôt l'observateur se révèle. Il note tous les incidents météorologiques, l'aspect de la mer, tous les animaux qui passent. Lorsqu'on prend un oiseau, un poisson, un mollusque céphalopode, une méduse, un zoophyte, etc., il le décrit, le mesure, et même en fait un croquis ou une figure coloriée qui dénote une réelle habitude du dessin. Bien plus, il détermine l'animal, non sans quelque erreur quelquefois, mais de manière à montrer qu'il avait déjà acquis de sérieuses connaissances en zoologie. Ce n'est pas tout, il dresse des cartes sur lesquelles il trace jour par jour la marche du navire et indique le point exact où chaque individu observé a été reconnu ou pris, et il commence des collections d'histoire naturelle qui ne cesseront pas de s'accroître.

On verra, par ce que Paul Eudel a recueilli avec soin et dévouement du *Journal de bord* de son frère, mais seulement depuis 1852..... combien le jugement ci-dessus est justifié et applicable à toutes les observations du navigateur. Il s'y montre conservateur d'instinct, c'est-à-dire collectionneur, quand il recommande à son père à plusieurs reprises, avec tant d'insistance, de ne pas laver ses chères coquilles, les ptéropodes qu'il lui envoie. Cela leur enlèverait une virginité à laquelle tient essentiellement le savant et qui fait leur plus grand mérite.

Il ne nous appartient pas à nous-même de déflorer les pages qu'on va lire. On n'a malheureusement pas toutes les notes d'Emile Eudel concernant spécialement l'histoire

naturelle. Ce travail de vingt-six ans fut englouti avec des instruments et une biblio-
thèque scientifique importante, dans un naufrage au cours d'un voyage de Londres à
Alagoa-Bay (Cap de Bonne-Espérance), le 28 novembre 1872. On ne sauva que l'équipage. Emile Eudel, à peine remboursé par les assurances de ses pertes matérielles, ne
se consola jamais d'avoir perdu tout son bien intellectuel.

Le goût de la mer n'avait pas tardé à le reprendre et à le tenter, peu après son

arrivée à la Réunion en 1846. Il n'y resta pas longtemps, mais il y fit depuis d'autres
stations (1).

Emile Eudel se rembarqua en 1847. Quand il revint à Nantes dans sa vingtième
année, après cette première absence, il rapportait le grade de lieutenant et comptait
quarante-sept mois et vingt-neuf jours de navigation (c'est bien quatre ans moins un

(1) Son frère Paul Eudel, qui devait y séjourner aussi, a écrit sur le quartier Saint-Pierre
une très pittoresque étude dans les *Annales de la Société académique de Nantes* (tome XXXIV,
p. 343, 1863).

mois en langage ordinaire). Mais il n'avait encore servi que dans la marine marchande.

Il fallut songer alors à faire son service dans la marine militaire. Après de brillants examens passés à Lorient, il fut reçu aspirant auxiliaire de deuxième classe, embarqué le 1er juin 1852 sur la frégate l'*Eldorado*, qui allait être envoyée en station à la côte occidentale d'Afrique, et désigné pour faire la campagne de Bissagos.

Nous rejoignons ainsi sa vie à bord et n'avons plus qu'à le laisser la raconter lui-même. Il ne dramatise pas, mais il tient avec une rigoureuse exactitude son propre journal de quart. Il y note tout ce qu'il croit digne de remarque, et les évènements historiques qu'il côtoie rendent son témoignage intéressant, par cela seul qu'il est véridique.

Nous ferons remarquer ce qu'a d'actuel aujourd'hui la première expédition à laquelle il assiste : la France posait dès ces années ses premiers jalons le long de la côte occidentale d'Afrique ; et, à ce titre, la campagne de l'amiral Baudin contre le Grand-Bassam vient rejoindre les récents exploits du général Dodds. On a porté les jalons plus loin et défrayé un peu plus la voie, mais les précurseurs du moderne héros furent ces Argonautes de 1853 à la conquête du pays d'ébène.

Emile Eudel s'y comporte, au combat d'Oubaü, avec l'insouciante bravoure qui convient au soldat. L'amiral, frappé de son intelligence et de ses capacités, l'avait détaché, le 18 septembre 1853, comme officier en second sur l'aviso le *Grand-Bassam* du même nom que le pays à soumettre. L'aspirant auxiliaire de deuxième classe rembarqua sur l'*Eldorado* avec les aiguillettes de première classe.

Nous ne le suivrons pas dans toutes les étapes de sa vie d'élève volontaire d'abord, engagé ensuite à titre définitif dans la marine de l'Etat, ce serait faire double emploi avec son propre récit. Il nous relate la Baltique et la Crimée avec ces teintes de pittoresque et de sincérité qui font parfois l'effet de peinture impressionniste dans les narrations de soldats, témoins de grandes guerres. Ce sont ces tons de *couleurs vraies*, par place, sans être criardes, qui rendent de tels écrits attachants.

La biographie de cet homme de cœur n'a de faits saillants que ceux auxquels il fut mêlé, et qu'il a consignés dans ce livre. Sa vie intime est un modèle de vertus et de devoirs remplis. Il renonce à son avenir pour se marier en 1857, alors qu'il allait être nommé enseigne, après cinq ans de navigation pour l'Etat. Comme il n'a pas d'autre métier que celui de marin et qu'il fallait pourvoir aux besoins du ménage, il reprenait du service, la lune de miel à peine écoulée, dans la marine marchande et se faisait nommer capitaine au long-cours. Sacrifice inutile, hélas ! pour une union éphémère, sa première femme mourait quelques mois après, en lui laissant une fille.

Il appartint plus que jamais à la mer, et la vie n'est plus pour lui désormais qu'une continuelle traversée. Il se remaria à Saint-Pierre de la Réunion. De ce second mariage naquirent cinq enfants. La seconde fille avait épousé M. Durazzo, actuellement conseiller à la cour d'appel de Saïgon. Elle est morte en 1893. L'unique garçon, digne fils d'un tel père, est lieutenant au 15e régiment d'infanterie.

Le repos accordé au vieux loup de mer, en 1879, fut un poste de chef de service à

Chandernagor. Le malheur, auquel il semblait voué, devait lui faire escorte. La seconde madame Eudel ne put se relever des suites d'une couche dans ce climat pernicieux, et le laissa veuf de nouveau. Cette mort fut un deuil public pour la Colonie. L'administrateur avait tellement acquis l'affection de ses subordonnés que lorsqu'il dut les quitter pour un poste d'avancement, ils firent une pétition pour qu'il leur restât.

Ce poste supérieur fut celui de Karikal. « Là aussi, comme à Chandernagor, Emile Eudel réalisa bien des améliorations : il fit tracer des routes, construire des écoles de garçons et de filles, régla avec les Anglais des questions importantes d'irrigation et acheva un puits artésien commencé depuis de nombreuses années... En même temps, il poursuivait des études météorologiques, qu'il avait l'intention de publier. »

L'anémie paludéenne, qui n'épargne point dans ces pays insalubres, quoi qu'en disent les optimistes, le terrassa, après une tournée dans les lacs, au Cambodge, où il s'était élevé de la deuxième classe à la première, comme résident, en 1887. Il passa encore par différents postes, mais sa santé s'altérait visiblement et ne se relevait un peu que lorsqu'il revenait toucher terre et respirer l'air de France. Il n'y faisait jamais que de courts séjours. Il y revint encore une fois pour n'en plus repartir et mourut bientôt après à Nantes, le 13 mai 1892, à soixante ans. Il eut la consolation de mourir au milieu des siens, et son frère, celle de lui rendre les derniers devoirs.

Il ne se peut d'existence plus honorablement belle ni qui ait rendu plus de services dans ses attributions successives. On en pourrait citer de plus brillantes, mais non de plus utiles. C'est la leçon de ceux qui ne réservent leurs hommages que pour les grands parvenus : nous adressons les nôtres aux hommes de devoir dévoués à leurs fonctions dans la vie publique comme dans la vie privée ; — intelligences d'élite et modèles d'affection tout à la fois, amis sûrs qu'il suffit de connaître pour désirer d'être de leurs amis, — aux hommes en un mot de la trempe d'Emile Eudel.

JULES TROUBAT.

Novembre 1894.

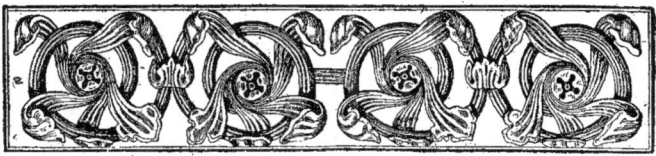

I

GORÉE ⁽¹⁾

1852-1854

Lundi 14 juin 1852. — ... Le soir, je descends à terre ; la ville de Santa-Cruz est bâtie comme toutes les villes espagnoles : des maisons à terrasses, de petites fenêtres à jalousies, toujours parfaitements closes ; des rues désertes et mal pavées. En entrant dans Santa-Cruz qui est fortifié, on arrive sur une place *(del consti-tutione)*, où se trouve un café français. Les églises sont assez bien décorées : on y remarque de fort jolies boiseries et sculptures. La monnaie courante est l'espagnole, piastres, piècettes, réaux en argent et *quartos* en cuivre. Ténériffe possède un vin qui a beaucoup d'analogie avec le madère. A deux lieues dans l'intérieur, on remarque une très jolie église dans la ville de Laguna. Les habitants de Ténériffe ont dans la basse classe le teint bistré comme des mulâtres, quoique il y ait très peu de noirs dans le pays. On se sert de chameaux provenant de la côte d'Afrique pour porter les fardeaux.

Il y a un consul français à Santa-Cruz. La ville est défendue par quelques forts et batteries. La rade est très poissonneuse. De la rade on distingue le sommet du pic de Teide, point culminant de l'île.

L'aspect de Ténériffe, de la rade de Santa-Cruz, est très triste, les campagnes paraissent nues, brûlées par le soleil, les montagnes du côté du nord sont coupées en ravins profonds, dans lesquels croissent quelques maigres arbrisseaux dispersés çà et là...

Vendredi 25 juin 1852. — ... A midi aperçu la terre du Sénégal par bâbord devant. Terre très plate, rien que du sable blanc ; couru le long de terre jusqu'à trois heures trente minutes du soir où nous mouillons devant Saint-Louis. Sur la rade de Guet-N-Dar, à environ deux milles de terre...

(1) Départ de Lorient le 6 juin 1852. Emile Eudel était embarqué, comme aspirant auxiliaire, à bord de l'*Eldorado,* frégate à vapeur de quatre cent cinquante chevaux, commandée provisoire-ment par M. Bosse capitaine de frégate.

Le gouverneur du Sénégal fait des signaux télégraphiques auxquels nous répondons ; une pirogue vient à bord chercher les paquets ; ces pirogues sont cousues en paille comme celles de l'Inde ; les nègres se servent de pagayes qui ont la forme d'avirons courts, et ils se tiennent debout dans la pirogue pour la faire mouvoir. Ces nègres de la religion mahométane sont couverts de *gris-gris*, c'est-à-dire de morceaux de bois ou de petits sacs en cuir de forme plus ou moins bizarre, et qui leur sont donnés par leurs marabouts ou prêtres. Ils ont beaucoup de confiance dans ces amulettes, et se figurent qu'elles les préservent de la morsure des requins qui abondent en rade. Saint-Louis a l'aspect de Pondichéry, les maisons y sont à *argamassi :* cette ville a l'air bien triste ; sur le bord de la mer, on voit Guet-N-Dar, village de nègres, qui se compose de cases coniques en paille brune. La mer déferle sur le rivage comme à Pondichéry, et il n'y a que les pirogues du pays qui puissent franchir ces lames. La mer est toujours très grosse en rade. On ne voit de la rade que quelques maigres bouquets de cocotiers...

JEUDI 1er JUILLET 1852. — ... A sept heures quarante-cinq du matin, nous sommes est et ouest des Almadies... à huit heures quinze, le cap Vert à l'est ; à huit heures quarante, nous sommes est et ouest de la Madeleine. Le cap Vert ou autrement dit les *Mamelles* sont le point culminant de la côte. C'est un peu plus gai que Saint-Louis ; on voit au moins quelques arbres. Le cap Almadies est assez bas et, au large de lui, se trouvent des brisants. L'île de la Madeleine est un rocher nu et plat dans le sud duquel se trouvent des roches assez singulièrement configurées. Nous contournons le cap Manuel qui est peu élevé, et nous apercevons l'île de Gorée, qui n'a en surface que trois cent quatorze hectares.

LE SAMEDI 3 JUILLET. — ... On embarque vingt-huit noirs laptots, destinés à faire les corvées d'embarcation et de charbon, corvées qui sont trop dures pour les matelots sous un soleil aussi ardent que celui de la côte et dans un pays aussi malsain...

8 JUILLET 1852. — ... Gorée (1) où nous serons presque toujours est une petite île située près du cap Vert ; elle n'est guère grande, puisque on en fait très bien le tour en fumant son cigare. Elle a la forme d'un jambon — est assez élevée dans la partie sud où on a bâti un fort pour protéger la ville qui remplit l'île. On y compte trois arbres : c'est très triste, et il n'y a aucune distraction. Je connais déjà toutes les rues et maisons de la ville qui n'est guère habitée que par des nègres ou des mulâtres ; il y a très peu de blancs.

Le commandant Baudin est arrivé pour prendre le commandement de l'*Eldorado*. On l'a reçu par une salve de coups de canon et au cri de *Vive la République !* poussé par des hommes rangés sur les vergues. Ce n'est pas le Baudin contre-amiral, c'est un autre Baudin, capitaine de vaisseau...

L'aumônier est venu à bord avec le commandant Baudin. Tous les soirs et tous les

_____

(1) Ce qui suit à cette date, du 8 juillet, est extrait d'une lettre de mon frère à notre père alors à Nantes. Elle est datée du bord de l'*Eldorado*, rade de l'île de Gorée.

matins, il fait la prière après laquelle il nous fait un petit discours moitié français moitié breton pour être compris de tout le monde, et tous les dimanches, il nous dit la messe à onze heures du matin, et, après la messe, nous avons un sermon. Ça a l'air d'un très brave homme : il fume la pipe avec nous. Il est très bien avec le commandant, ce qui fait que nous tâchons de nous mettre bien avec lui...

LE 1ᵉʳ AOUT. — ... Le commandant en chef passe l'inspection générale en armes et grande tenue d'été ; quelques officiers qui n'avaient pas encore prêté le serment au prince Louis Napoléon le prêtent. M. Baudin leur adresse une allocution. Après l'inspection, grand défilé tout autour du navire sur le pont, tambours et clairons en tête...

LE 2 AOUT. — ... Le consul Belge vient à bord, il est salué de sept coups de canon.

LE 3 AOUT. — ... Un chaland amène à bord des effets appartenant à M. Guillemart d'Arragon, agent consulaire de France et consul général d'Espagne à Sierra-Leone, que nous avons conduit de France à Gorée.

Le 4 et le 5, fait notre charbon, et embarqué divers objets de chargement et autres colis devant servir à donner en cadeaux aux princes nègres du bas de la côte. Le vapeur *Le Brandon*, appareille pour France. J'ai retrouvé élève volontaire sur *Le Brandon* le mousse de l'*Albert et Clémence*, Bayol...

Le 6 à quatre heures et demie du matin, le grand canot va seiner dans la baie de Hann : il revient à midi chargé de poissons, qui abondent, à ce qu'il paraît, dans cette baie...

Le 7 au matin, après avoir été à Dakar faire du sable, je pars pour Hann, avec le grand canot, pour y cueillir des balais et les jeunes feuilles d'un dattier sauvage avec lesquelles les matelots confectionnent la tresse dont ils font des chapeaux. Hann est un village comme tous les villages de nègres : des cases en paille entourées de palissades en roseaux. Derrière Hann, il y a un marigot, ou petit étang, dont les bords fourmillent de tourlourous ; il y en a tellement que la terre en est littéralement couverte. Plus loin, à un demi-quart de lieue, est une espèce de bois de cocotiers et d'acajous. La baie de Hann est bien fermée, et la mer y est aussi unie que dans un étang...

LE 8 AOUT. — Le commandant Baudin va passer l'inspection à bord du *Panitare* : les hommes y sont rangés sur les vergues, et on le salue de coups de canon...

LE 9 AOUT. — Partis de Gorée, nous avons été en trois jours à la vapeur à Sierra-Leone. Cette ville, autrement nommée Free-Town, est située à l'entrée de la rivière Sierra-Leone, et appartient aux Anglais. Le côté sud de la rivière est charmant : c'est de ce côté qu'est située la ville. Ce sont de petites baies garnies de cocotiers, de collines couvertes de verdure et de bois. Partout une végétation superbe. La ville de Sierra-

Leone est bâtie sur le versant d'une colline et forme amphithéâtre. Elle est dominée et défendue par trois casernes ou forts situés sur la colline.

SAMEDI 21 AOUT 1852. — ... Nous sommes très près de terre, mais la brume épaisse nous empêche de la bien distinguer. Ce doit être la partie Est du cap des Trois Pointes. A cinq heures quarante-cinq du soir, stoppé et amené une baleinière pour aller reconnaître des morceaux de bois qui ont l'air de servir de bouées. Ce sont des filets que les nègres ont perdu ou mouillés au large...

VENDREDI 27 AOUT 1852. — ... Au jour aperçu l'île du Prince devant nous, — gouverné sur la pointe nord — cette île est assez élevée, les montagnes sont détachées les unes des autres et quelques-unes ont des formes assez remarquables (telle que l'Aiguille). Nous passons entre l'île appelé Pedro Gall et la pointe nord de l'île. A neuf heures et demie, nous doublons les Diamants, rochers qui se trouvent près de l'entrée de la baie de San-Antonio. Après avoir doublé les Diamants, nous entrons dans la baie et nous mouillons au milieu... A onze heures, un officier portugais vient à bord ; le chef d'Etat-major se rend à terre ; à une heure, nous changeons de mouillage et, au moyen d'une ancre à jet, nous entrons davantage dans la baie...

L'île du Prince n'est qu'une grande forêt vierge, il est impossible de voir un pays plus boisé ; le sommet des mornes est lui-même couvert d'arbres. Il y a beaucoup de cocotiers et de palmiers divers ; des arbres à cacao, des banians. On trouve de nombreux serpents dans cette île ; et les perroquets y sont très communs, ainsi qu'une espèce de pigeon vert qui est très joli. La ville de San-Antonio est bâtie au fond de la baie ; c'est un amas de cases de bois bâties sur pilotis et habitées pour la plupart par des nègres. Le gouvernement portugais se trouve à l'entrée de ce village ; c'est une maison de pierres qui n'a rien de remarquable. A droite, dans la baie, se trouve le fort qui est situé sur une éminence ; il est presque totalement délabré ; à côté du fort, se trouve le parc au charbon pour les navires de guerre français.

Cette baie de San-Antonio est charmante, il y fait continuellement calme, elle peut avoir une lieue d'ouverture et trois quarts de lieue de profondeur. Tout autour, ce ne sont que bois et verdures sur des coteaux très rapides de pente.

Le temps a presque toujours été pluvieux, pendant que nous sommes restés à Saint-Antonio...

Les montagnes centrales de l'île du Prince sont toujours couvertes de nuages...

LE MERCREDI 8 SEPTEMBRE 1852. — ... Les divers rois ou chefs nègres des rives du fleuve, suivis de leurs principaux ministres et parents, sont venus à bord faire au commandant Baudin leur visite officielle et chercher en même temps les cadeaux qu'on est dans l'usage de leur faire et qui consistent en verroterie, pièces de guinée, vergettes de cuivre, vins, spiritueux, etc., etc.

C'est une singulière apparition que celle de ces nègres, singeant les grands seigneurs et habillés le plus grotesquement qu'on puisse se l'imaginer. L'un d'eux, le roi Denis, le plus important et qui habite sur la rive gauche, vis-à-vis le comptoir, arriva à bord dans une grande pirogue, ayant quarante pagayeurs qui chantaient en faisant avancer la pirogue. Ce roi Denis était accoutré d'un gilet de marquis, d'une culotte courte, d'une grande robe de chambre à ramages, d'une perruque et d'un chapeau en forme de tuyau de poêle. Portant très gravement ce costume, il fut conduit par le chef d'Etat-major chez le commandant qui le reçut dans sa galerie. Denis est un vieillard à barbe blanche, d'une taille assez belle ; bien proportionnée et encore vert pour son âge ; il parle très facilement le français et l'anglais : ces derniers l'appellent le prince William.

Les autres rois étaient bien plus curieux. Les rois *boulous* de l'intérieur étaient vêtus d'habits rouges à parements blancs et de culottes courtes ; un autre avait un pantalon d'amiral et une robe de chambre (ils affectionnent beaucoup la robe de chambre). Un autre, un shako à aigrette blanche, un habit de vice-amiral et une pagne autour des reins. Un autre, un habit de midchipman anglais et un chapeau vert dans la forme de nos chapeaux, ce qui lui donnait assez l'air d'un cocher ou d'un laquais à livrée.

Puis la suite des princes habillés suivant leurs moyens, d'une casquette, d'une chemise blanche, d'une chemise rouge, toujours avec le pagne autour des reins.

Le roi Denis fut salué de onze coups de canon ; puis ils partirent tous dans leurs pirogues avec le commandant pour recevoir leurs cadeaux à bord de l'*Adour*. Le roi Denis resta à bord, il devait venir avec nous sur la rive gauche...

LE SAMEDI 11. — ... Le commandant en premier, le commandant en second et le chef d'Etat-major partirent avec le roi Denis pour une grande chasse d'éléphants qui devait se faire dans le haut du fleuve ; mais ils revinrent le mardi 14 ; ils n'avaient pu aller plus loin que King-George-Town. Les diverses tribus adjacentes étant en guerre, il eût été imprudent de s'aventurer au milieu d'elles.

Je suis descendu plusieurs fois à terre à Denis ; il y a une petite rivière ou marigot sur la droite du village ; et, vis-à-vis le village, se voient plusieurs bancs de sable qui sont apportés par le marigot ; les passes à travers ces bancs de sable pour arriver à terre sont assez difficiles, surtout à mer basse, car alors il y a à peine assez d'eau pour une embarcation.

Le village du roi Denis n'est pas très grand, il peut comprendre une centaine de cases ; ces cases sont bien bâties ; la case du roi Denis est très grande, elle se compose d'un grand salon de réception et d'un petit boudoir meublé à l'européenne, puis d'une autre chambre que je n'ai pas vue. Le roi Denis donne ses audiences sur un fauteuil ; et ses sujets s'assoient sur des chaises de rotin, tout autour de la chambre ; mais toujours à une distance respectueuse de sa majesté.

Du village Denis à la pointe Saudy, s'étend une immense plaine dans laquelle se trouvent de distance en distance des petits bois ou oasis de verdure au milieu de ces plaines brûlées par le soleil et l'air de la mer. Il y a, à ce qu'il paraît, très souvent des tigres dans ces bois, et j'ai vu dans le village même de Denis les empreintes des pattes d'un tigre qui avait enlevé un bœuf une nuit.

Près de la pointe Saudy, se trouve le bois des fétiches où les nègres fétichistes enterrent leurs morts ; c'est, dit-on, curieux à voir, je n'ai pu y aller.

Il y a au Gabon plusieurs serpents très dangereux, et qui vous tuent à la minute ; tels sont le trigonocéphale, le serpent noir, le serpent à deux têtes. J'ai vu dans les palétuviers, qui sont très communs dans les marigots desséchés, ou sur les bords de ceux qui sont en cours, beaucoup de traces d'antilopes et de tigres.

Le serpent boa existe dans l'intérieur, ainsi qu'une espèce de singe, le Djina, qui atteint six pieds et qui est très méchant et peu connu.

On a trouvé en donnant un coup de seine, une tortue très curieuse, elle a tout à fait la tête d'un serpent, le nez est proéminent et la carapace est molle sur les bords. Elle a environ trois pieds de long ; on pense que c'est la *tortue molle*. N'ayant pu la conserver vivante, après l'avoir apprêtée, on l'a mise dans une barrique d'eau-de-vie pour l'envoyer en France.

SAMEDI 18 SEPTEMBRE 1852. — ... Toute la journée entière, l'eau a paru très sale, aussi sale que l'eau de la rivière à Nantes, c'est-à-dire d'une couleur brune tannée. Cette couleur est occasionnée par les eaux qui sortent du fleuve Congo et qui s'étendent très loin au large...

DIMANCHE 19 SEPTEMBRE 1852. — ... La ville de Saint-Paul se divise en ville haute et ville basse, la première située sur la hauteur est la ville aristocratique, elle est un peu mieux bâtie que la ville basse, on y remarque plusieurs casernes dont l'une date de 1663, un vieux couvent démoli dont il ne reste que les murs et le fort San-Miguel. Les deux parties de Saint-Paul communiquent ensemble au moyen de quatre rampes en pente douce. La ville basse n'est point pavée et il est très fatiguant de marcher dans le sable fin qui se trouve dans les rues et où on enfonce quelquefois jusqu'à la cheville. L'île de Loando, qui ferme la baie, est basse. C'est un banc de sable ; il y a cependant quelques maisons et quelques cocotiers.

Le dépôt de charbon pour les navires de guerre français est près du fort San-Francisco. Un peu plus loin, sur le chemin qui conduit à la ville, on trouve les ruines d'un jardin public...

La baie du Bango est la baie qui se trouve près de Saint-Paul, au nord, entre le cap Lagostas et la pointe Dandé. Dans cette baie, se trouve la rivière du Bango qui fournit l'eau douce qu'on boit à Saint-Paul. Entre la rivière où se trouvent quelques maisons et le cap Lagostas, se trouve un petit fort sur le rivage...

DIMANCHE 24 OCTOBRE. — ... Nous appareillons d'Assinie à onze heures du matin et allons à la vapeur à Grand-Bassam où nous mouillons à quatre heures du soir. Grand-Bassam est comme Assinie, un comptoir de très peu d'importance. Il n'y a qu'une ou deux maisons qui fassent des affaires et qui y envoient des correspondants ; l'une de ces maisons est la maison Régis de Marseille qui y expédie deux ou trois navires par an.

La barre de Grand-Bassam est plus forte que celle d'Assinie. On roule aussi beaucoup plus sur sa rade. Ce comptoir se compose d'un blockaus (1) et de quelques maisons et cases. C'est un pays malsain. Les courants son forts sur la rade et portent le plus souvent à l'Est...

Le commandant est descendu à terre et a remonté la rivière jusqu'à quarante lieues de son embouchure. Il allait réclamer d'une peuplade nègre un tribut qu'ils paient ordinairement au commandant du comptoir et qu'ils ont refusé de payer cette fois-ci. Le commandant a fait ce petit voyage sur le *Guet-n-dar*, mais il a été très mal reçu des nègres. Après leur avoir envoyé quelques coups de pierrier et d'espingole, ainsi que quelques obus, il envoya un canot à terre pour y prendre une pirogue. Mais à peine le canot eut atteint la plage qu'une grêle de balles vint fondre sur les canotiers ; le sergent noir qui les commandait reçut trois balles dans le corps ; il mourut le lendemain matin. Voyant cela, le commandant rebroussa chemin et revint à bord de l'*Eldorado ;* nous devons aller immédiatement à Gorée pour nous ravitailler et y prendre des troupes ; le commandant voulant faire une expédition dans la rivière du Grand-Bassam.

LUNDI 1er NOVEMBRE. — ... Nous sommes partis à quatre heures vingt du matin à la vapeur de Grand-Bassam pour Bériby, ayant quelques nègres passagers à conduire à cet endroit. Nous avons fait cette route en nous tenant toujours à deux ou trois milles de terre ; à la nuit nous étions rendus à Lahor. De cet endroit à Grand-Bassam, la côte est toujours la même chose, aucune remarque à terre ne peut vous indiquer les divers villages nègres qui sont portés sur la carte. Au jour nous étions du côté de la rivière Saint-André, à environ deux lieues au large : nous l'avons accostée, puis avons longé la terre, toujours à deux ou trois milles. De la rivière Saint-Andre à Bériby, la côte est un peu plus élevée et accidentée. A Bériby elle commence à baisser de nouveau. Nous avons mouillé sur rade de Bériby le 2 novembre à midi. Il surgit vis-à-vis Bériby à un ou deux milles au large, une roche hors d'eau assez élevée qui peut servir à reconnaître ce village, car on ne voit à terre, étant au large, aucune case ou maison. Il y une petite barre, mais qui peut être franchie par les embarcations légères. Il est venu plusieurs pirogues à bord avec des provisions de bananes, des œufs, des peaux de singe, de tigre, des piquants de porc épic qu'ils échangeaient contre du tabac en feuille ou des bouteilles vides qui ont beaucoup de valeur chez eux. Il est venu à bord quelques rois nègres de très peu d'importance. Le commandant est descendu à terre chasser, il est revenu à la nuit. A huit heures du soir, nous avons appareillé à la vapeur, et pris le large (la route au S. O.), pour doubler le cap des Palmes...

11 NOVEMBRE. — ... Jeudi, à sept heures vingt du matin, mouillé sur rade de Gorée. Nous restons sur cette rade jusqu'au 22 février 1853. Pendant tout ce temps,

_____

(1) « On appelle *Plateau* ou *blockaus* l'endroit où se trouve le camp français. (Vendredi 3 septembre 1852). »

nous avons été exercés pour le débarquement que nous devions faire contre les Bissagos (1).

MARDI 22 FÉVRIER 1853. — ... Nous sommes partis pour l'expédition des Bissagos. Le corps expéditionnaire, fort de six cents hommes, est formé de trois colonnes, la première commandée par M. Aumont, commandant particulier de Gorée ; la deuxième, par M. Guillabert, chef de bataillon d'infanterie de marine, et la troisième par M. Gillotin, lieutenant de vaisseau. La colonne de M. Gillotin, composée des marins de l'*Eldorado*, est divisée en deux sections, commandées par MM. Leroux et Jouneau. La flottille se compose de neuf navires.

24 FÉVRIER. — ... Au soir, nous mouillons devant Coreté, île de l'archipel des Bissagos, que nous devons attaquer.

SAMEDI 26 FÉVRIER. — ... La compagnie de débarquement de l'*Eldorado* quitte la frégate à une heure pour embarquer sur l'*Alecton*, qui est embossé près de la pointe S. O., de Coreté. Les embarcations de la frégate, armée en guerre, conduisent·les compagnies sur l'*Alecton*.

DIMANCHE 27. — ... Au jour, la *Tactique* et l'*Alecton*, embossés, commencent le feu sur Coreté : ils chargent à obus et mitraille. Vingt minutes après le corps expéditionnaire débarque. Je reste toute la journée et la nuit dans le canot de service, dont je suis chargé. Nous sommes mouillé près de terre, parés à embarquer les compagnies en débarquant le corps expéditionnaire. Moigneteau, commandant le canot major à la droite, et moi, le canot de service à la gauche, avons balayé la plage au moyen des obusiers de douze, dont nos canots sont armés. J'ai tiré trois obus et quatre paquets de mitraille.

LUNDI 28 FÉVRIER. — ... A onze heures du matin, les colonnes se rembarquent ; elles ont brûlé quatre ou cinq villages, les ennemis ont fui devant eux, et n'ont tiré que quatre ou cinq coups de fusil qui n'ont blessé personne ; une balle a passé dans les rangs de la troisième colonne, a cassé la bouteille d'un homme et est venue s'amortir sur le fourreau de baïonnette d'un autre qui en a été quitte pour une forte contusion...

JEUDI 3 MARS. — ... Les colonnes reviennent à neuf heures du matin, après avoir brûlé quatre villages qui se trouvaient très près les uns des autres à environ un quart

(1) Dans une lettre du 4 août anticipant les évènements Emile Eudel écrivait à son père :
« Nous partons de Gorée définitivement pour le sud samedi de cette semaine, et nous devons y rester environ cinq mois. Au retour de cette campagne, nous devons faire deux expéditions contre les nègres des Bissagos et les nègres de l'intérieur du fleuve du Sénégal, parce qu'ils ont pillé des navires français et les comptoirs de la même nation... Nous avons deux obusiers de montagne, et comme les soldats et les équipages des autres navires viendront avec nous, nous formerons une troupe forte d'environ 500 hommes... Maintenant ne va pas beaucoup t'effrayer de cela, car en définitive ce n'est presque rien. Les nègres sont armés de mauvais fusils et de lances ou zagaies, et une troupe de cinq cents hommes a bien vite dispersé cinq ou six milles nègres... »

de lieue du rivage ; comme la première fois les nègres se sont sauvés sans se défendre. Les deux embarcations armées d'obusiers sont alors envoyées s'embosser près de terre pour protéger des charpentiers qui travaillent à démolir et enlever un pont volant que l'on avait établi pour les troupes. Les navires partent pour reprendre leur premier mouillage à la pointe sud de Coreté. L'*Alecton* reste touché sur un banc de vase.

VENDREDI 4 MARS. — ... A cinq heures et demie du matin, les embarcations portant les compagnies de débarquement de la frégate reviennent à son bord. Les navires mouillés à la pointe sud de Coreté viennent mouiller près d'elle. A une heure de l'après-midi, je pars avec les deux canots tambours et vingt-deux gabiers pour aller relever l'*Alecton*; nous sommes remorqués par le *Liamone*; nous trouvons l'*Alecton* échoué sur un banc de vase, ses basses vergues en béquilles; à la marée haute il se déhale au moyen de deux ancres à jet.

SAMEDI 5. — ... A la marée haute du matin, l'*Alecton* se déhale encore; puis étant enfin par assez de fond, il appareille à la vapeur et vient mouiller le soir près de la frégate, sur laquelle je reviens à sept heures du soir.

DIMANCHE 6 MARS. — ... La flottille, moins le *Galibi* et le *Rubis* qui retournent à Gorée, appareille et fait route pour le Rio Goba. A six heures vingt-cinq du soir, nous mouillons dans le sud de la pointe Giomb. Toutes les terres de ce fleuve sont très basses; comme les Bissagos, on voit les arbres avant d'apercevoir la terre.

LUNDI 7. — ... A sept heures du matin, appareillé à la vapeur et continué à faire route pour l'île Cagnabac. A onze heures vingt-six, nous touchons sur un banc de sable qui se trouve dans le sud de l'île Boulam... Un officier portugais vient à bord (de Boulam) : je descends à terre avec lui dans le canot du commandant pour faire quelques provisions ; après un assez long temps de nage, nous arrivons au village de Porto, qui se trouve sur le bord de la mer. Ce village ressemble à tous les villages de nègres ; ce sont des cases recouvertes en chaume. Nous n'avons pu y trouver que très peu de provisions ; cette île appartient aux Portugais; les noirs en sont un peu civilisés. Nous revenons à bord de la frégate. J'ai vu dans cette île quelques femmes vêtues comme celles de Coreté, c'est-à-dire complètement nues, sauf une espèce de pagne qui leur entoure les reins ; ce pagne est composé d'un très grand nombre de brins de paille ou d'herbe, réunis à un cordon qui fait le tour du corps.

La frégate s'est déhalée à la pleine mer.

MARDI 8 MARS. — ... Nous appareillons à neuf heures du matin, et à midi vingt, nous mouillons dans une baie du nord-est de l'île Cagnabac.

JEUDI 10 MARS. — ... Au soir, le capitaine de l'*Alecton* est descendu à terre prévenir les noirs que s'ils ne venaient pas de suite pour faire *palabre* (traiter), on leur déclarerait la guerre le lendemain matin. Dans la nuit, les noirs ont allumé des feux à terre.

VENDREDI 11 MARS 1853. — ... A six heures quinze du matin, les navires embossés commencent un feu nourri sur la terre; à sept heures, le feu cesse, et on opère le débarquement sans être inquiété. Mais à peine les hommes sont-ils dans le fourré qu'on entend une vive fusillade qui se prolonge jusqu'à onze heures et demie. A midi, les colonnes sont de retour et embarquent immédiatement; elles ont brûlé trois villages qui se trouvaient très près les uns des autres et qui ont été pris, au pas de course, à la baïonnette. Les nègres s'étaient réfugiés dans les cases, et là se sont défendus avec un courage étonnant; ils se laissaient rôtir dans les cases, mais ils n'en sortaient pas. Le chemin qui conduit du bord de la mer au village est coupé de bois, de broussailles, dans lesquels les nègres se cachaient et mitraillaient nos soldats. Nous avons de notre côté seize blessés et six morts, dont deux de la frégate, sur le champ de bataille, et un autre, des suites de ses blessures en montant à bord. Les nègres ont dû aussi éprouver de bien grandes pertes.

Si M. le gouverneur avait voulu envoyer un des deux obusiers avec les tirailleurs, j'ai entendu dire que nous n'aurions presque pas eu de blessés (1).

On a fait deux amputations de jambes droites et une désarticulation d'épaule; ces trois opérations ont été faites à des militaires : deux ont été chloroformisés.

MARDI 15. — ... Nous apprenons par le commandant, qui était allé à la pointe sud de l'île, communiquer et traiter avec un autre roi nègre de la même île et qui nous est allié, ce qui suit : Le roi des villages que nous avions attaqués, et qui s'appelle Antonio, est mort hier des suites de deux blessures qu'il avait reçues, une à l'épaule, l'autre dans la poitrine; son frère a été tué aussi. Les nègres sont complètement démoralisés tant ils ont eu de morts; dans une seule case on a brûlé trente hommes et dans une autre vingt femmes, car les femmes étaient cachées dans les cases; les nègres pensaient qu'on n'irait pas jusqu'aux villages. Leurs villages étant détruits, ils ont été obligés de camper, car ils sont en guerre avec une autre population de l'île. Le roi du Sud a conseillé à M. Baudin de ne pas descendre à terre, parce qu'il existe chez eux une espèce de vendetta, qui les oblige pendant un certain temps à immoler aux mânes de leurs parents morts, les parents des meurtriers des leurs qu'ils rencontrent.

MERCREDI 16 MARS 1853. — ... A six heures du matin, nous partons pour Bissao, où nous mouillons à midi vingt. Auprès de Bissao, il y a deux îles qui peuvent de loin servir de reconnaissance, ces îlots sont couverts d'arbres; l'un d'eux (île aux Sorcières) est par le travers du mouillage; elle est environ le double de l'autre (îlot Bourbon).

(1) A la suite de cette campagne, l'exact et ponctuel marin écrivait dans son Journal : « (1er juillet 1853). Nous sommes partis de Grand-Bassam pour Gorée, où nous sommes arrivés le 12 juillet, à trois heures après midi. Les journaux nous ont apporté le compte-rendu de l'expédition (*Moniteur* du 21 mai 1853). Le *Moniteur* du 29 mai donne les récompenses accordées à ceux qui se sont distingués : M. Bosse est nommé capitaine de vaisseau; M. Jouneau est décoré; les amputés sont décorés et quelques matelots sont médaillés. »

La ville de Bissao, ou plutôt le comptoir de Bissao, est très petit et entouré d'une palissade; à droite se trouve un petit fort. C'est le centre des possessions portugaises sur cette côte.

La ville se compose de cases bâties en chaume et en bois; les environs sont cultivés. Un riche portugais, qui habite Bissao depuis longtemps, nous a donné, le 18 au soir, un bal qui était très bien servi pour un aussi vilain trou que Bissao. Malheureusement les dames manquaient, il n'y en avait que six : la maîtresse de la maison, deux femmes d'officiers du fort et trois mulâtresses. Le gouverneur de Bissao était à ce bal : il a le grade de colonel et a perdu une jambe à l'affaire de Porto en 1848 (Portugal).

SAMEDI 19 MARS 1853. — ... A six heures trente-cinq du matin, nous appareillons à la vapeur; à deux heures quarante, nous sommes nord et sud des îles Cayo (il y en a trois). Nous allons à Casamame.

20 MARS. — ... A sept heures du matin, le commandant rallie le *Marabout* et envoie prévenir le gouverneur que, vu l'état des malades, il est forcé d'aller directement à Gorée. Nous sommes en vue de terre. C'est le *cap Rono*, terre basse et unie. Nous voyons ensuite l'entrée de Casamame. Nous faisons route pour Gorée.

Je viens d'apprendre des détails sur les événements qui ont motivé l'expédition des Bissagos. Le navire français le *Libéral* (1) avait fait côte, il y a deux ans, sur les récifs de Warang; tout l'équipage, voyant des nègres venir vers le navire avec des pirogues, eut peur et se sauva dans les embarcations; il attérit à Bissao, je crois, et fit courir le bruit que le mousse et le novice, qui étaient restés à bord, avaient été faits prisonniers par les nègres. C'est là-dessus que le gouverneur du Sénégal bâtit son rapport; mais le mousse et le novice avaient été sauvés et recueillis par un roi d'une île voisine de Coreté et ce n'est seulement qu'après l'expédition qu'on apprit à Bissao que ces deux malheureux avaient été sauvés par ce roi. On envoya de suite pour les chercher; mais l'un d'eux était mort il y avait quelque temps, et l'autre mourut la veille ou le jour de l'arrivée du bateau qni venait les prendre. Ils avaient été parfaitement traités dans cette île, et il était donc faux qu'ils étaient morts de mauvais traitements : on a donc eu tort d'attaquer Coreté, qui n'était pour rien dans cette affaire.

Quant à Cagnabac, un noir de Gorée, nommé *Chimère*, commandant une goëlette, il avait volé un bœuf aux sauvages de Cagnabac, et ceux-ci voulaient le tête de Chimère, parce que, chez eux, le vol est puni de mort. Voilà pourquoi on s'est battu à Cagnabac.

22 MARS. — ... A deux heures trente, nous avons mouillé sur rade de Gorée. Le commandant en chef part pour Saint-Louis le 29, et il en revient le mardi 19 avril.

(1) Voir le *Moniteur universel* du 21 mai 1853.

3

JEUDI 21 AVRIL. — ... Nous sommes partis de Gorée à cinq heures dix du soir nous allons à Grand-Bassam pour y établir le blocus, et nous avons à bord 100 hommes de troupes, non comme moyen d'attaque, mais comme défense ; le commandant désire remonter le fleuve...

MERCREDI 27 AVRIL 1853. — ... La côte enserrée entre le cap des Palmes et la rivière San-Pedro est semblable à celle comprise entre San-Pedro et Grand-Bassam. C'est une barre continuelle, une plage de sable, coupée par quelques récifs et un immense rideau d'arbres. Aussi les divers endroits de cette côte sont très difficiles à reconnaître.

JEUDI 28 AVRIL 1853. — ... A six heures quarante-cinq, nous appareillons pour Bériby, mais, dix minutes après, apercevant deux pirogues qui viennent de ce côté, nous stoppons. Ces deux pirogues nous accostent, venant effectivement de Bériby. Elles nous apportent les Krowmens que le commandant avait demandés la dernière fois que nous y avions passé. A huit heures dix, nous mettons en marche pour Grand-Bassam, longeant la côte à deux ou trois milles de distance ; à dix heures et demie, nous nous trouvons entre Riba-Pinderess et Drawing, vis-à-vis un endroit reconnaissable par un petit défriché où se trouve un champ de mil. Cet endroit peut servir de point de reconnaissance. A midi nous passons par le travers de la rivière Saint-André, d'après le dire des Krowmens, car cet endroit n'a rien qui puisse le faire reconnaître. Il y a cependant un assez grand village et des endroits cultivés. A une heure, nous sommes par le travers de la pointe qui se trouve à l'est de cette rivière. A l'est de cette pointe elle-même, la terre baisse tout à coup. Nous nous éloignons un peu de terre, gouvernant à l'est. A deux heures et demie, nous sommes par le travers des falaises rougeâtres de Controhou. Ces falaises sont très reconnaissables, elles sont rougeâtres, veinées de blanc, mais elles ne sont pas continues et apparaissent comme des taches de distance en distance. A trois heures et demie, forte tournade venant de la terre ; cette tournade nous force à nous éloigner. A cinq heures et demie, elle est finie, nous estimons être à deux lieues et demie de terre environ, et on aperçoit dans l'est les terres basses de Lahon. Nous nous écartons de terre pour la nuit.

VENDREDI 29 AVRIL 1853. — ... A trois heures du matin, nous mettons le cap au N.-E. pour rallier la terre ; au jour nous l'apercevons ; à six heures et demie, nous le longeons à un mille et demi de distance, jusqu'à Grand-Bassam où nous mouillons à dix heures et demie du matin.

Les bricks le *Palinare* et la *Tactique* sont sur rade ; le *Grand-Bassam* (aviso à vapeur) est dans le fleuve, ainsi que le *Guet-n-dar*. Les commandants des deux bricks, celui du *Guet-n-dar*, M. Clément, enseigne et celui du fort, M. Despalières, viennent à bord.

Les hostilités sont complètes dans le fleuve ; les peuplades qui étaient amies sont en partie passées du côté des ennemis. Le roi Piter, chef assez important, a été pris ainsi que plusieurs nègres ; le *Guet-n-dar* a fait quelques excursions dans la rivière et a démoli un grand nombre de pirogues armées en guerre, qui voulaient lui barrer le passage. Les nègres sont résolus à se défendre jusqu'à la dernière extrémité ; ils sont poussés par les Anglais, qui leur ont fait accroire que nous allions abandonner le comptoir. Un soldat anglais a été fait prisonnier ; il avait arraché un pavillon français qui flottait sur un village et il l'avait foulé aux pieds.

Les nègres ont voulu s'emparer par surprise du fort, mais le complot a été découvert ; deux espions ont été fusillés, les chefs nègres ont tout avoué.

Le blocus les contrarie beaucoup. Ils ont envoyé dans l'intérieur tout ce qu'ils avaient de plus précieux, ainsi que leurs femmes et leurs enfants.

Notre pauvre camarade Jolin est mort d'une espèce de fièvre jaune. Du reste il ne reste sur le *Guet-n-dar* que le capitaine et un chef de pièce très malade ; tous les autres ont été emportés par les maladies pendant le dernier hivernage.

Nous sommes restés sur rade de Grand-Bassam jusqu'au mercredi 11 mai. Pendant ce temps le commandant est descendu à terre, pour voir où en sont les affaires. Nous devions faire une expédition, mais elle est remise au mois de septembre, cependant tout le monde pense à bord qu'on ne la fera pas...

16 JUIN 1853. — ... Nous sommes partis du Gabon le 16 juin pour Annobon. Le 18 juin au matin nous avons aperçu cette petite île, qui n'a guère qu'une lieue et demie dans sa plus grande dimension ; elle est assez élevée. On aperçoit dans le sud trois roches couvertes de guano, une surtout en est toute blanche. Dans le N.-E., se trouve un îlot aplati (îlot des Baleines). Entre cet îlot et la terre, il y a des roches qui découvrent. A midi quarante-cinq nous avons mouillé en rade... Il faut faire attention au mouillage, car il y a un fond de roches dans certains endroits, et on pourrait y laisser son ancre. L'île d'Annobon appartient à l'Espagne, de nom seulement, car cette puissance n'y a aucun établissement. Anciennement cette île était le rendez-vous des négriers ; elle est actuellement habitée par quelques centaines de nègres, qui ont bâti un village au bord de la mer, dans le nord, vis-à-vis de notre mouillage. A peine étions-nous, mouillés qu'une grande quantité de pirogues passèrent la barre, et vinrent nous proposer des légumes et des fruits en très grande quantité et à très bon marché, pour du tabac. Ces nègres sont gouvernés par une espèce de chef ou roi aussi misérable qu'eux. Il vint à bord en caban rouge, caleçon de tricot et chaussure de caoutchouc, portant d'une main un parapluie et de l'autre une canne qui semblait beaucoup le gêner, mais qu'il ne quitta pas d'une minute, ces objets semblant lui donner beaucoup d'importance aux yeux de ses compatriotes. Les nègres parlent l'espagnol et l'anglais de manière à pouvoir se faire comprendre. Ils sont catholiques ; leur Padre vint à bord, c'était un nègre d'assez belle taille, vêtu d'une longue robe verte, il parlait très bien l'espagnol et nous dit qu'il officiait assez souvent et instruisait ses coreligionnaires. Reste à savoir si la religion chrétienne qu'il leur enseignait était bien la même que celle que nous professons. Abandonné sur une île aussi peu fréquentée que Annobon,

il est plus que probable qu'il n'est resté de cette religion que les cérémonies extérieures bien altérées...

La cote est coupée partout à pic. Au-dessus du village, se trouve un piton, et derrière ce piton, dans l'ancien cratère, un lac d'environ un quart de mille de large et qui est entouré d'une végétation délicieuse. Le commandant et plusieurs officiers ont été visiter ce lac ; ils y sont arrivés après environ une heure et demie de marche très pénible, en ce qu'il faut à chaque instant monter et descendre des ravins où se trouvent de très grosses pierres qui barrent le passage. Ces messieurs comptaient découvrir quelques coquilles dans ce lac, mais ils furent trompés dans leur espoir : ils n'y trouvèrent aucun mollusque, de même que dans les montagnes. Féraud me dit seulement avoir rencontré un très petit maillot.

Annobon au premier aspect ne présente plus la fraîcheur verdoyante de l'île du Prince, elle paraît brûlée, ses montagnes sont couvertes d'une herbe jaune rase qui attriste la vue. Cependant le sommet des montagnes est couvert d'arbres ; mais quand on est à terre et qu'on gravit la ravine qui conduit au lac, on retrouve cette richesse de végétation des tropiques, ces arbres séculaires dont les branches entrelacées de lianes interceptent les rayons du soleil et entretiennent une fraîcheur salutaire. La vue se repose avec plaisir sur la verdure brillante qui entoure le lac. J'ai bien regretté de n'avoir pu aller à cet endroit ; on m'en à fait une si pompeuse description que j'aurais volontiers sacrifié une de mes plus belles coquilles auxquelles je tiens beaucoup, cependant, pour aller admirer avec les autres cet endroit charmant...

VENDREDI 1er JUILLET 1853 (DE GORÉE). — ... Pendant la tournée que nous venons de faire, les soldats noirs de Bissao se sont révoltés et se sont emparés du fort ; le gouverneur portugais a demandé du secours à Gorée. M. Bosse qui s'y trouvait en ce moment est parti immédiatement pour Bissao avec le brick le *Palinare* qu'il commande, il s'est emparé du fort, il n'a perdu qu'un seul homme, M. de la Gilardais, lieutenant de vaisseau, officier chargé du détail sur le *Palinare* ; mais en revanche les nègres ont tué sept ou huit soldats portugais et en ont blessé une quinzaine. Le *Palinare* est encore à Bissao... On dit que le commandant a reçu un pli du ministre qui défend positivement l'expédition de Grand-Bassam...

SAMEDI 16 JUILLET. — ... Nous apprenons que nous devons partir sous peu pour Saint-Louis, afin d'y prendre le *Liancour* pour le remorquer jusqu'à Ténériffe, d'où il se rendra en France... Le 22 juillet, à huit heures trente du matin, mouillé sur rade de Saint-Louis...

30 JUILLET. — ... Au jour, aperçu l'île Ténériffe dans le N.-E., l'île Canarie par T. et l'île Gomère par B. Fait route sur l'île Ténériffe. Nous attérissons près du mont Rasca, nous contournons l'île à petite distance à environ un mille ; à midi, nous sommes entre la pointe Roxa et la pointe Médana. La pointe Roxa est un massif composé d'un énorme

rocher noirâtre, qui est en forme de coin de mire. A six heures du soir, mouillé sur rade de Santa-Cruz... Le *Liancour* est parti pour France le 1er août...

J'ai été à pied visiter la ville de Laguna qui se trouve à deux lieues de Santa-Cruz. Cette ville est presque aussi grande que Santa-Cruz ; on y remarque plusieurs églises, entre autres, la cathédrale que je n'ai pas eu le temps de visiter. Laguna est la résidence de l'évêque de Ténériffe et, de plus, toutes les personnes riches de Santa-Cruz ont une maison de campagne à Laguna.

J'ai vu à Santa-Cruz plusieurs champs de copal, car cette île fait un très grand commerce de cochenille. Et nous y avons retrouvé tous les fruits de France. C'est bien à regret que nous quittons ce séjour.

MERCREDI 10 AOUT. — ... Nous mouillons sur rade de Saint-Louis à cinq heures du soir.

JEUDI 11 AOUT. — ... Le commandant Baudin descend à terre pour préparer l'expédition de Grand-Bassam.

VENDREDI 12 AOUT. — ... Nous partons pour Gorée où nous arrivons le samedi 13. Nous faisons immédiatement notre charbon et nos vivres.

SAMEDI 20. — ... M. Lamotte, qui commande la frégate en l'absence de M. Baudin, reçoit une lettre de ce dernier, lui annonçant son arrivée pour le lendemain avec des troupes pour faire l'expédition de Grand-Bassam, et lui donnant l'ordre de faire immédiatement un mois de vivres pour cinq cents hommes, et un mois d'eau-de-vie pour autant, cela en plus des vivres que nous avons à bord.

DIMANCHE 21. — ... Le commandant arrive de Saint-Louis avec le *Marabout* et le *Crocodile*, ayant des troupes avec lui, commandées par M. Coulon, chef de bataillon, et une musique composée d'une quinzaine d'instruments en cuivre.

Nous faisons immédiatement les vivres en supplément et embarquons du bois pour la construction de blockaus à Grand-Bassam.

MERCREDI 24 AOUT 1853. — ... Nous appareillons à onze heures vingt pour aller à Grand-Bassam faire l'expédition ; nous remorquons le brick aviso la *Pintade*. Le *Marabout* et le *Crocodile* (cent-soixante chevaux) suivent en serre-file. En passant à côté de la frégate l'*Armide*, qui est mouillée sur rade de Gorée, nous sommes salués de trois cris de : *Vive l'Empereur !* par tout l'équipage de ce navire, monté sur les bastingages. On nous souhaite gloire et réussite.

JEUDI 25 AOUT. — ... Un ordre du commandant paraît pour la formation de la compagnie de débarquement de l'*Eldorado*, qui sera composée de cent cinquante hommes divisés en trois sections, commandées par MM. Lamotte, Leroux et Lannes. Moigneteau fait partie de la section de M. Lamotte et moi, de celle de M. Lannes, Allies et Lassalle restent à bord.

JEUDI 1er SEPTEMBRE 1853. — ... Au jour, la vigie signale la terre... Nous l'approchons peu à peu, c'est le cap des Palmes. Nous distinguons les maisons blanches de la ville de Cap-Town et le phare de ce cap. A trois heures trente-cinq, nous mouillons devant le grand Tahou. Les Krowmens viennent à bord et notre musique les jette dans l'admiration ; quelques-uns se mettent à danser et nous sommes étonnés de la grâce que deux ou trois d'entre eux déploient en se livrant à cet exercice.

VENDREDI 2 SEPTEMBRE. — ... Après avoir engagé quelques Krowmens qui sont d'une très grande utilité sur la côte d'Afrique pour le passage des barres, nous appareillons de Grand-Tahou à huit heures quarante-cinq du matin, et faisons route le long de terre pour Grand-Bassam où nous mouillons le 3 à deux heures dix du soir. En arrivant au mouillage, la musique montée sur la passerelle joue une marche guérrière avec accompagnement de tambours. Nous sommes enfin à notre destination. Les bricks le *Palinure*, la *Tactique* et le *Messager*, les vapeurs le *Crocodile* et le *Marabout* sont déjà sur rade. La batterie de terre salue le commandant Baudin de quinze coups de canon, nous en rendons quatre. Du 3 au 10 septembre on prépare tout ce qui doit aller à terre.

SAMEDI 10 SEPTEMBRE 1853. — ... A dix heures du matin, la barre étant très belle je suis expédié de l'*Eldorado* avec le grand canot et le canot major, armés l'un de douze et l'autre de dix noirs, pour passer la barre du fleuve et rentrer à Grand-Bassam. Je fais mon sac, mets mon ordre d'embarquement sur le *Marabout* dans ma poche et pars pour franchir cette barre que l'on dit si dangereuse. Je n'avais pas de pilote, mais je devais en prendre un à bord du *Grand-Bassam* qui sortait de la barre en ce moment. Après une bonne heure de nage, nous arrivons sur la barre et nous la franchissons sans embarquer une seule goutte d'eau, quoique nous soyons restés plus d'une demi-heure dans les lames, car à ce moment le courant était encore assez violent quoiqu'il fit flot. Après avoir franchi la barre, on arrive à une espèce de Delta formé par l'Acquebals, l'Ebrié et un marigot, qui longe la mer et s'étend à une douzaine de mille dans l'ouest. Le poste de Grand-Bassam est situé sur l'extrémité de la langue de terre, comprise entre la mer et ce petit marigot, dans lequel les navires d'un faible tirant d'eau viennent s'amarrer. L'ancien blockaus sert actuellement de poudrière ; près de lui se trouve la maison modèle ; les maisons de commerce Régis de Marseille, et Renard de Calais, ont aussi chacune une case près de ce blockaus ; puis dans l'ouest se trouvent les cases des soldats et de grandes cases de casernement. Une batterie défendue par une palissade en terre et branches entrelacées se trouve dans l'ouest et bat un petit bois qui se trouve plus dans l'ouest.

A six heures du soir, le *Marabout* et le *Grand-Bassam* rentrent en rivière, ayant à leur bord le commandant Baudin et les troupes composant le corps expéditionnaire. Ces troupes sont débarquées et logées dans de grandes cases à terre par peloton.

A la nuit je me rends à bord du *Marabout*, où, grâce à mon ordre d'embarquement, je trouve enfin un endroit où me reposer. Le sable qui couvre toute la langue de terre où est situé le poste est très fin et on enfonce continuellement jusqu'à la cheville, ce qui devient très fatigant.

DIMANCHE 11 SEPTEMBRE 1853. — ... A six heures trente du matin nous descendons à terre pour nous trouver à la grande revue qui est passée par M. Baudin à huit heures. Après la revue, grand défilé très mal commandé par M. Bosse d'un côté et très mal conduit par la musique de l'autre. M. Bosse me désigne les noirs dont les noms suivent : Dongo, Diokin, Baboukar, Yougomé, Manguel, Fernando Lopez, Joachim, Diouff-Macodou, Yourcounhou, Mha-Shar, Mha-Dhiahaté, Silmann, Amahdhou, Amadi-Djabeh. Ces quatorze noirs doivent servir pour l'ambulance de la première colonne sous mes ordres. A quatre heures du soir, huit ou neuf pirogues, dont une porte le pavillon français, accostent dans le Marigot. Elles portent environ cinquante Grands-Bassamiens, qui se rendent dans la cour de la maison carrée où le commandant les fait asseoir. Grand palabre avec les principaux chefs. Assama, héritier présomptif de la couronne et roi par intérim du village de Grand-Bassam, se rend auprès de M. Baudin. Pendant le palabre, la musique est mise en marche. Les Grands-Bassamiens sont ordinairement nus, une pagne leur couvre les reins, un poignard appelé couteross est passé dans leur ceinture, on remarque toujours sur le fourreau de ce poignard une coquille (valve de spondyle) qui a pour eux une assez grande valeur, trois ou quatre francs, et qui leur sert de fétiche. Quelques colliers de verroterie, dans lesquels on trouve des ornements en or travaillé par eux, entourent quelquefois le cou de ceux qui sont de la race royale ou qui ont une certaine aisance. Cependant on remarque plutôt ces ornements chez les femmes. Leurs cheveux sont tressés et réunis par petites touffes qui leur forment autant de pompons. Quelques-uns se rasent un côté ou la partie inférieure de la tête. Un de ces nègres était armé d'une espèce de corne creuse de laquelle il tirait des sons aigres et agaçants. Cette corne est avec la guitare nègre leurs seuls instruments de musique.

La conférence terminée, nous apprenons que la paix est conclue avec le village de Grand-Bassam. Le roi Piter est mis en liberté ; ce pauvre vieillard est immédiatement entouré de ses sujets qui cherchent à lui témoigner par leurs cris et leurs mouvements toute la joie qu'ils éprouvent à le retrouver. Ils partent tous dans leurs pirogues, emmenant Piter avec eux ; il doit nous envoyer demain comme signe de réconciliation, vingt-cinq guerriers qui nous accompagneront dans l'Ebrié. Les noirs de Grand-Bassam se saluent en prenant la main de leur ami, puis faisant claquer trois fois leurs doigts en élevant leurs mains.

Lundi 12 septembre 1853. — ... On s'occupe activement des préparatifs de l'expédition. On embarque sur les navires du commerce, les vivres et les munitions ; le soir, le corps expéditionnaire s'embarque sur les navires, et les bâtiments du commerce prennent leur remorque derrière les vapeurs de guerre...

Mardi 13 septembre 1853. — ... A 7 heures du matin, la flotille expéditionnaire appareille ; nous sommes 715 rationnaires, non compris les officiers ; je suis sur l'*Amitié*, goëlette appartenant à la maison Régis. Moigneteau est resté au poste, pour y commander les noirs de la frégate qui servent à renforcer la garnison. Macquaire a été nommé au commandement des cinquante noirs de l'artillerie, et Lauk a pris sa place à l'ambulance de la deuxième colonne. A 7 heures 30, nous sommes par le travers du village de Grand-Bassam, où nous stoppons pour prendre les noirs alliés de ce village qui doivent nous accompagner et nous servir de guide.

Le village de Grand-Bassam est le plus important de toute la lagune ; il a près d'un quart de lieue de long. On passe très près de terre à cet endroit, car du côté de l'île Bouet il y a un banc qui s'étend dans l'Ouest et qui force les navires à ranger le village de Grand-Bassam. A mesure que nous avançons dans l'Ebrié, nous apercevons de distance en distance des villages où flotte le pavillon français. Mais ils sont déserts ; cependant quelques têtes se montrent, quand les navires sont passés. A 12 heures 40, nous apercevons un pavillon français, flottant sur le village d'Abata. A une heure, nous mouillons devant ce village. Il est désert, cependant nous apercevons dans une plaine, qui se trouve au-dessus du village, une très grande quantité de nègres qui semblent s'éloigner. Un quart d'heure après, un noir apparaît, se glissant entre les cases, puis, tout à coup, courant sur la plage, il vient y agiter le mât de pavillon, comme pour s'assurer de sa solidité, puis il disparaît dans les broussailles qui entourent le village. Un instant après, nous en revoyons un autre qui, moins brave que le premier ou plus effrayé, ne fait que traverser le village en courant. Tout cela nous prouve que le village est bien gardé et que les noirs nous y attendent, ce qui doit être bien agréable au commandant Baudin, car notre mouillage à Abata n'est qu'une fausse attaque. Le village que nous devons attaquer se trouve au fond de la baie d'Abata.

Le mercredi 14 septembre 1853. — ... A cinq heures trente du matin, nous appareillons et la flottille va mouiller dans le fond de la baie, vis-à-vis le village d'Aubouë où doit s'opérer le débarquement. Les navires de guerre s'embossent, le feu commence sur le village. Puis au signal du *Guet-n-dar*, les canots poussent des navires chaque homme ayant dans son sac pour deux jours de vivres. L'enseigne de vaisseau Clément, saute à terre le premier ; d'un coup de pied, il renverse le pavillon qui se composait de plusieurs bandes d'étoffe rouges et blanches ; puis, d'un coup de sabre, il coupe le cordon fétiche que les nègres avaient tendu en travers, croyant, dans leur simplicité, que ce cordon nous empêcherait de passer. Ce cordon fétiche que l'on trouve à l'entrée de tous les villages, est une simple corde en écorce, à laquelle sont suspendus divers petits objets auxquels leur croyance superstitieuse attribue un pouvoir surnaturel ; ce sont des morceaux de bois brûlés, un peu de paille, une graine, etc. Tous ces objets ont été fétichés par un féticheur et sont devenus fétiches. Le premier débarquement pendant que le deuxième arrive, se réunit en corps et s'avance sur le village qui est désert. Arrivés au milieu, M. Bosse donne l'ordre de déployer en tirailleurs sur les bois entre lesquels se trouve le village. La compagnie de M. Leroux traverse le village sur la gauche pour exécuter cet ordre. Le village avait à peu près cinquante mètres de large sur trois cents de long, et se composait d'une suite de cases qui formaient une rue assez longue, à droite et à gauche du village ; et, à le toucher, se trouvaient deux bois très fourrés et dans lesquels il était impossible de pénétrer ; en plus une palissade longeait le village de chaque côté près du bois. M. Leroux ayant reçu l'ordre de déployer en tirailleurs sur la gauche, se jeta avec sa compagnie dans le village et ils arrivèrent devant la palissade. Le maître canonnier de la frégate, se trouvant en avant, renverse la palissade d'un coup de crosse ; à ce moment une détonation se fait entendre, le maître canonnier tombe percé de deux balles. Kervelas, Pernot, Bourbon et Janne, de la frégate, tombent aussi blessés ; Kervelas à la cuisse, Pernot au bras et à la cuisse, Bourbon à l'aîne et Janne je ne sais où. Le maître canonnier était tombé presque dans les bras de M. Le Roux ; il eut la force de se traîner jusqu'au milieu du village, où il mourut. La balle avait traversé la poitrine. On riposta de suite au feu de l'ennemi qui, probablement, eut des blessés, car on entendit quelques cris, mais on avait tiré au hasard, car le bois était si épais qu'on ne pouvait voir à quelques pas. Nous nous emparons de la lisière des deux bois ; et, ainsi défendus, on fait marcher en avant. Nous arrivons dans une plaine bordée de bois que l'on fait garder par des tirailleurs. Le peloton du *Messager* était resté à la garde du village. De temps en temps, quelques coups de fusils partaient des bois, tirés presque à bout portant, les tirailleurs se trouvant à la lisière : nous avons eu ainsi quelques blessés. A l'extrémité de la plaine, on voyait sur les hauteurs, des masses de noirs qui fuyaient d'une touffe d'arbre à une autre. Nous en avons blessé quelques-uns, au moyen des obusiers de montagne et des fusils de rempart. M. Faidherbe fut envoyé en reconnaissance avec dix hommes ; il s'avança jusqu'à l'extrémité de la plaine, où il rencontra les nègres qu'il prit d'abord pour les nôtres ; il en appela un par signe, mais celui-ci répondit par un coup de fusil. M. Faidherbe le lui rendit, et il l'étendit raide mort. Il avait été envoyé en reconnaissance pour voir s'il ne découvrirait pas le chemin du grand village de Bibrimou, où voulait aller le commandant. Les nègres alliés de Grand-Bassam prétendaient peut-être par mauvaise volonté ne point reconnaître le chemin de ce village, ajoutant qu'il y en avait un nouveau dans les bois, et qu'ils ne le connaissaient pas. Après être restés environ deux heures dans cette plaine et y avoir tué six bœufs, nous revînmes à bord ; à mesure que nous revenions, on voyait les noirs descendre. En gardant le village d'Oubané, le peloton du *Messager* subit une attaque, il eut deux hommes de blessés, et M. Riouffe, enseigne de vaisseau, qui le commandait, eut sa casquette percée de deux balles. Pendant notre séjour dans la plaine, ils avaient détruit le village, dévasté les cases. Les noirs de l'artillerie et de l'ambulance, au lieu de rester près de leurs chefs, fi-lèrent avec les autres dans le village pour piller. Ils creusaient au pied des bananiers et y trouvaient des manelles, morceaux de cuivre recourbé servant de monnaie dans le pays et ayant une valeur de six à sept sous. J'eus ainsi, de mes noirs, tué, le nommé Silmann, qui reçut trois balles dans la poitrine en pillant le village. En battant en retraite, un des hommes de M. Le Roux, le nommé Durant, reçut une balle dans les fesses. M. Leroux avait été déployé dans la plaine sur la droite. Enfin à onze heures et demie, nous rembarquons, ayant quatorze blessés et deux morts. (Nous avons appris depuis cet événement que nous avions blessé soixante-deux nègres et tué treize.

Nous appareillons immédiatement et allons mouiller vis-à-vis Abata. En appareillant, le *Marigot* reçoit une décharge de terre ; heureusement qu'un des hommes blessés n'eut presque rien ; un autre fut blessé à la jambe ; mais si les ennemis avaient été adroits et hardis, ils auraient pu tuer presque tout le monde de ce navire qui était près de terre.

A cinq heures quinze du soir, le *Marabout*, où je suis embarqué en subsistance, appareille, remorquant l'*Amitié* et l'*Adèle* Il fait route pour le poste de Grand-Bassam où nous mouillons à neuf heures trente-cinq du soir.

JEUDI 15 SEPTEMBRE 1853. — ... Au jour les hommes du corps expéditionnaire que nous avons emmenés avec nous, débarquent et prennent leur campement à terre. A neuf heures du matin, l'enterrement de Flavel, premier maître canonnier de l'*Eldorado* et celui de Silmann laptot du *Marabout*, tués au combat d'Aubouë, ont lieu au cimetière de Grand-Bassam. A onze heures trente du matin, les bâtiments de la flotille expéditionnaire, qui étaient restés à Abata, viennent mouiller en rade ; les navires de commerce reprennent leur poste dans le marigot, excepté l'*Amitié* qui sert d'ambulance.

VENDREDI 16 SEPTEMBRE 1853. — ... Le *Grand-Bassam* reçoit l'ordre de passer la barre en emportant les blessés et les compagnies de débarquement du *Messager* et du *Tonnerre*, ces deux navires devant appareiller immédiatement pour surveiller le blocus que M. Baudin vient d'établir d'Assinie à Lahou. Mais la barre mauvaise empêche le *Grand-Bassam* de sortir.

SAMEDI 17 SEPTEMBRE 1853. — ... Le *Grand-Bassam* appareille et passe la barre en emportant les compagnies du *Tonnerre* et du *Messager*. A midi trente, le *Marabout* où je suis en subsistance passe la barre et dépose les blessés à bord de la frégate ; il prend du charbon à bord du *Crocodile*, puis il rentre en rivière.

DIMANCHE 18 SEPTEMBRE 1853. — ... A six heures du matin, je débarque du *Marabout* et suis embarqué comme officier sur le *Grand-Bassam*, vapeur de quarante chevaux, commandé par Lecorvaisier, enseigne de vaisseau, lieutenant Doré, aspirant de première classe...

A onze heures, le roi Piter vient dans sa pirogue de guerre de vingt-quatre mètres de long, faire une visite officielle au commandant Baudin ; il est accompagné d'une quinzaine de pirogues plus ou moins grandes. Pour garantir sa majesté Piter du soleil, un énorme parasol que l'on ouvre ou ferme avec des palmes, est déployé au-dessus de sa tête. Je suis malheureusement retenu à bord et je ne puis voir la réception. On m'a dit que M. Baudin avait reçu de Piter plusieurs bœufs et une bague en or d'un très joli travail. M. Bosse et M. Lebeurricé en ont aussi reçu chacun une.

Lundi 19 septembre 1853. — ... Doré est débarqué du *Grand-Bassam* et embarqué sur l'*Eldorado ;* je deviens donc lieutenant chargé du navire. La barre est mauvaise.

Mardi 20 septembre 1853. — ... On dit qu'hier un messager est venu au comptoir pour palabrer avec le commandant Baudin de la part de tout l'Ebrié.

Jeudi 22 septembre 1853. — ... Plusieurs pirogues, dont une porte le pavillon français, et une autre le pavillon blanc, passent et vont au comptoir pour palabrer. A deux heures, Assama, héréditaire de la couronne de Grand-Bassam, neveu de Piter et ex-roi pendant l'absence de ce roi, vient nous voir à bord. Il parle assez bien français, et nous apprenons par lui que la paix est conclue avec tout l'Ebrié.

Lundi 26 septembre 1853. — ... Nous allons poser un blockaus dans la lagune. A deux heures et demie, nous mouillons devant Dinga. On descend à terre, mais le terrain n'est pas propice à la pose d'un blockaus et les noirs ne veulent accorder qu'un emplacement restreint.

Mardi 27 septembre 1853. — ... A onze heures et quart du matin, la flottille appareille et à onze heures quarante nous mouillons devant Abata ; ici, même difficulté qu'à Dinga ; les nègres ne veulent accorder qu'un très petit espace et n'ont pas l'air de se soucier beaucoup d'une maison comme ils appellent nos blockaus. A une heure trente, nous appareillons donc et nous remontons dans la lagune ; à mesure que nous avançons, la végétation devient de plus en plus belle. On rencontre moins de palétuviers que du côté de l'Ebrié. Nous passons près de l'île Boulay qui n'est qu'une boule de verdure ; sur les roches qui se trouvent près de cette île, nous voyons deux caïmans énormes. A sept heures quinze, la nuit nous empêchant de continuer, nous mouillons par le travers du village de Sangou.

Mercredi 28 septembre 1853. — ... A six heures du matin nous appareillons et à onze heures trente nous mouillons dans le fond de la baie de Dabou, devant le village d'Assoukou. Dans l'après-midi, les chefs des villages d'Asoukou et de Bosso vont à bord du *Guet-n-dar* palabrer avec M. Baudin. La baie de Dabou est un endroit charmant, un peu montueux, l'air y est toujours frais venant de la mer ; — cet endroit est très sain.

Jeudi 29 septembre 1853. — ... Les chefs des villages vont encore palabrer avec le commandant Baudin, qui descend à terre avec eux. Nous devons décidément établir le blockaus entre les deux villages sur la hauteur ; les nègres du pays semblent enchantés de notre établissement chez eux. Les chefs viennent à bord du *Grand-Bassam ;* comme tous les chefs nègres ils sont vêtus d'une manière plus ou moins bizarre ; le plus important a un manteau de velours cramoisi. La main tient une queue de cheva emmanchée, dont le manche est recouvert d'une peau d'igname ; je crois que cette queue est un signe de commandement, un beau coupeross est passé dans sa ceinture. Il est très bien bâti, peut avoir de cinquante à cinquante-cinq ans, sa barbe blanche est tressée, sa figure est belle. Suivant l'usage, on leur délivre une bouteille d'eau-de-vie qu'ils se distribuent entre eux (ils ne versent pas comme nous les ongles en dessous, ils prennent la bouteille de la main droite et versent dans leur verre en chavirant la bouteille, les ongles en dessus).

VENDREDI 30 SEPTEMBRE 1853. — ... On commence à porter les planches du blockaus à terre. Une corvée commence, sous la direction de M. Faidherbe, le défrichement, car l'endroit où le blockaus doit être établi est une forêt vierge.

SAMEDI 1er OCTOBRE 1853. — ... Nous embarquons les malades qui sont déjà assez nombreux et nous recevons l'ordre de les conduire en rade.

MARDI 4 OCTOBRE 1853. — ... A onze heures, nous mouillons à Abdijeom devant le village de Noumabo pour y faire quelques provisions. Je descends à terre ; nous sommes reçus à notre arrivée par tout le village, réuni au bord de l'eau ; mais à peine avons-nous mis le pied à terre que les femmes et les enfants s'enfuient, poussés par une terreur panique. Les hommes restent seuls et peu à peu les enfants reviennent et s'approchent de nous.

Nous visitâmes la case du roi qui était bâtie en terre glaise et recouverte en feuilles de cocotier. Cette case était très propre. Le village a environ cinq cents mètres de long, il est bâti comme tous les villages de l'Ebrié. Une grande rue, puis, de chaque côté, des petites palissades entourant les cases. Comme toujours nous trouvâmes aux deux extrémités du village un cordon fétiche. Pour quelques feuilles de tabac je me procurai quelques bonnes coquilles terrestres, que les petits enfants me rapportaient. A midi nous appareillons et à quatre heures trente nous mouillons dans la baie de Dabou. Les travaux du blockaus sont assez avancés, il est monté et l'on a déboisé jusqu'au bord de l'eau sur une largeur de cent cinquante mètres.

MERCREDI 5 OCTOBRE 1853. — ... Je descends à terre, le blockaus est situé sur un monticule élevé d'environ quarante à cinquante pieds au-desssus du niveau de la mer. Derrière lui s'étend une immense plaine coupée de distance en distance par des bouquets de bois et de palmiers et sillonnée de ravins où paissent à leur aise des troupeaux de bœufs. On descend par une pente assez raide aux deux villages qui se trouvent chacun d'un côté du blockaus. Ils sont petits, ombragés de grands palmiers et de grands bananiers et se composent comme toujours d'une unique rue qui s'avance jusqu'au bord de la mer. Le blockaus est très bien situé, il domine toute la baie de Dabou ; un chemin en zigzag, tracé dans la partie qu'on a déboisée, conduit au bord de la mer ; le blockaus et les quatre cabanons qui serviront au logement des hommes sont entourés d'un remblai en terre, d'un fossé, puis d'une palissade avec bastions aux quatre angles. On a creusé un puits dans l'enceinte et on a trouvé l'eau à douze mètres de profondeur. Les hommes travaillent à terre depuis six heures du matin jusqu'à onze heures et de deux heures du soir à cinq heures trente. Mais malgré toutes les précautions que l'on emploie, il en tombe tous les jours de malades...

MARDI 11 OCTOBRE 1853. — ... A midi nous sommes à l'île Boulày, nous voyons encore deux caïmans énormes sur les roches qui sont au nord de l'île. A trois heures quinze, nous mouillons dans la baie de Dabou; on a terminé les travaux. Hier a eu lieu à terre l'inauguration du blockaus que M. Baudin a nommé poste Ducos. Une grande table en fer à cheval avait été dressée dans l'enceinte, et tous les officiers avaient pris part au banquet, où les rois nègres avaient été invités. M. Baudin a prononcé un petit discours qui a été vivement applaudi. M. Duprat a chanté une petite chanson de circonstance; après le dîner, un feu d'artifice dans lequel on a lancé une fusée à la congrève. M. Bénèche, sous-lieutenant d'infanterie de marine, a été nommé au commandement du poste Ducos.

Il y a quelques jours les Jacks-Jacks, tribu qui habite la langue de terre comprise entre la lagune et la mer, sont venus au poste trouver le commandant Baudin pour palabrer avec lui ; ils étaient bombardés du côté de la mer par le *Tonnerre* qui avait reçu cet ordre, et ils venaient pour faire la paix avec nous. M. Baudin fit la paix, à condition qu'ils nous donnent la valeur de deux cents onces d'or, tant en or qu'en bestiaux, et il leur donna sept jours pour apporter ce tribut. Pendant ces sept jours, le *Tonnerre* ne doit pas tirer sur eux, M. Baudin leur ayant donné une lettre pour le commandant de ce navire. Mais si au bout de sept jours, ils n'ont pas complété les deux cents onces, le *Tonnerre* a l'ordre de tirer sur eux et, comme avant, de s'emparer des pirogues qu'il pourra prendre. Ils ont déjà apporté quelques bœufs et quelques onces d'or.

MERCREDI 12 OCTOBRE 1853. — ... Le commandant Baudin, M. Faidherbe, capitaine du génie, M. Potestas, chef d'état-major, M. Coulon, chef de bataillon d'infanterie de marine, M. Lamotte, lieutenant de vaisseau, M. Lebeurrier, sous-commissaire, M. Clément, enseigne de vaisseau, commandant le *Guet-n-dar*, embarquent à bord ; nous allons faire une tournée au fond de la lagune. A huit heures quarante-cinq, nous appareillons, et à onze heures nous mouillons au fond de la baie de Toupa devant ce village. Cette baie est un long boyau sinueux et de très peu de largeur; il est formé par de belles collines d'une très belle et très riche végétation, cet endroit rappelle l'île du Prince. Le commandant Baudin envoie l'interprète Nana à terre pour avertir le roi Matafouë que nous attendons sa visite. Quelque temps après, celui-ci vient à bord, accompagné d'un grand nombre de sujets et de deux bambaras, race nomade des environs de Saint-Louis, et qui voyage dans toute l'Afrique, s'arrêtant tantôt dans un endroit, tantôt dans un autre et parcourant ainsi toute la côte depuis Saint-Louis jusqu'au Gabon. Le roi Matafouë a entendu parler du blockaus de Dabou, et il voudrait bien avoir sa *maison*. M. Baudin a bien de la peine à lui faire entendre qu'on ne peut pas en mettre partout. Après avoir causé pendant une bonne demi-heure, le commandant descend à terre ainsi que tous les officiers ; je reste seul à bord, et je maudis le sort qui m'attache au bateau. Ce pays me semble si beau, il doit posséder de bien belles coquilles et en effet ces messieurs rapportent de magnifiques agathines pourpres et, chose préférable, une agathine blanche à columelle noire, qui était inconnue avant le précédent voyage de M. Baudin dans l'Ebrié.

Le commandant emmène avec lui un petit enfant appelé Malheh, qu'il a demandé à Matafouë pour conduire en France et élever dans un collège, comme on a fait pour le noir Gogo de Grand-Bassam, qui a étudié quatre ans à Charlemagne.

JEUDI 13 OCTOBRE 1853. — ... Le commandant et son état-major descendent à terre : ils en rapportent des agathines pourpres superbes. Nous voyons plusieurs pirogues, dans lesquelles des nègres sont occupés à pêcher. On envoie le youyou pour leur acheter du poisson ; mais ces hommes s'enfuient aussitôt qu'ils voient notre embarcation déborder ; il n'y a pas moyen de les accoster, ils ont peur de nous ; et en effet ils n'ont jamais vu d'aussi grand navire que le *Grand-Bassam*, car le *Guet-n-dar* seul est remonté jusqu'à cet endroit.

Le roi de Trakbah, village qui se trouve sur la rive Nord, vient à bord, porteur d'un traité de paix qui a été fait avec lui, quand le *Guet-n-dar* est remonté jusqu'à cet endroit. Ayant reçu un accueil assez froid, il nous quitte, peu satisfait de sa visite. A dix heures trente-trois, nous appareillons et à deux heures cinq, nous mouillons devant le village d'Alindja Bodou, ce village est un débarcadère du village de Grand-Jack, qui se trouve par son travers au bord de la mer. Tous les villages des Jacks-Jacks ont ainsi leur débarcadère dans la lagune. Les rois viennent à bord ; ils nous apportent deux bœufs, sept moutons et sept onces d'or, tant en poudre qu'en lingots et qu'en bijoux fabriqués par eux. C'est un complément des deux cents onces de tribut ; mais ce village doit nous donner encore quelque chose.

A quatre heures quinze nous appareillons, et à quatre heures trente-trois, nous mouillons devant Amoqua Bodou, c'est le débarcadère du village de petit Jack. Nous attendons en vain les pirogues : elles ne viennent pas ; les noirs sont probablement à leur village du bord de la mer. A cinq heures quinze du soir, nous mouillons devant Abreby, débarcadère d'Ivorg-Town.

VENDREDI 14 OCTOBRE 1853. — ... Les nègres du village nous apportent dix-sept bœufs. A deux heures dix, nous appareillons et à trois heures quinze nous mouillons devant Amoqua Bodou. Les chefs viennent à bord, on nous apporte neuf bœufs et cinq onces d'or. A onze heures quarante-cinq, nous appareillons et à midi cinquante-cinq nous mouillons à Abreby. Le roi vient à bord, il nous apporte neuf bœufs et trois onces d'or. Le tribut étant totalement payé, le commandant signe un traité de paix avec la tribu des Jacks-Jacks. Après le traité, on fait circuler une bouteille d'eau-de-vie, puis on procède à la cérémonie fétiche qui consiste à se laver tous ensemble les mains dans une cuvette d'eau ; puis, à se jeter l'eau à la figure avec les mains. Cette cérémonie terminée, on est lié d'une amitié inaltérable. La même cérémonie avait déjà eu lieu à

Dabou avec les chefs des deux villages qui sont auprès du poste. Nous emmenons encore de ce village un petit garçon appelé Gouh, qui doit être élevé en France, et ensuite renvoyé dans son pays. A six heures quinze, nous appareillons et, à sept heures quinze, nous mouillons dans la baie de Dabou.

DIMANCHE 16 OCTOBRE 1853. — ... Nous débarquons les bœufs.

M. Bénèche étant dangereusement malade, est embarqué à bord du *Grand-Bassam*, et remplacé par M. Durban, lieutenant d'infanterie, qui reste pour commander le poste...

A dix heures cinquante-cinq, nous appareillons. Nous emmenons un enfant de Dabou, appelé Hoqueboh, qui étudiera en France avec celui de Toupa et celui d'Abreby. Nous abandonnons le poste à ses propres ressources, car il ne reste plus un seul navire sur rade dans la baie de Dabou ; ils sont bien approvisionnés du reste, ils ont un troupeau de plus de deux cents têtes de bétail et puis le *Grand-Bassam* viendra de temps en temps les visiter...

A cinq heures, nous sommes par le travers de l'île de Boulay, et nous voyons encore des caïmans sur les roches...

LUNDI 17 OCTOBRE 1853. — ... A onze heures quarante-cinq, nous mouillons à Abata. Les gens du pays n'ayant pas l'air disposés à venir à bord, nous appareillons à midi trente. Ils ont palissadé leur village depuis notre expédition. Leur palissade est très forte et très bien installée.

A une heure dix, nous mouillons devant Annin. Le roi vient à bord, accompagné de tous ses chefs principaux ; le commandant signe avec lui un traité de paix pour tout l'Ebrié. On fait la cérémonie fétiche du lavage des mains, puis on vide quelques fioles d'eau-de-vie, et nous sommes les meilleurs amis du monde...

MARDI 18 OCTOBRE 1853. — ... A deux heures cinquante, nous mouillons près de la frégate. Nous débarquons les malades et M. Bénèche...

MERCREDI 19 OCTOBRE 1853. — ... A midi vingt-cinq, nous appareillons, ayant à bord M. Baudin et son état-major. Nous faisons route pour remonter dans l'Acquebah ; nous entrons par la passe du Nord. Fort courant, riche végétation ; la rivière a peu de largeur, environ trois ou quatre fois la largeur du *Grand-Bassam* : elle est très sinueuse, et la carte de M. Bouchard est très fausse. De temps en temps on voit passer le long du bord, des troncs d'arbres ou des îles flottantes, qui proviennent du haut du fleuve. La rivière a débordé et elle couvre beaucoup de terrains qui, ordinairement, sont à sec. On attribue cette inondation aux fortes pluies, et il y a bien longtemps qu'on n'a pas vu de crue aussi forte. L'Acquebah renferme beaucoup de caïmans, et il serait dangereux de sortir la nuit en pirogue, car les caïmans savent très bien les faire chavirer et s'emparer des hommes qu'elles contiennent.

A deux heures cinquante, nous mouillons devant le village d'Yravu, qui est situé sur un plateau élevé de quelques mètres et qui a ainsi échappé à l'inondation. Les officiers descendent à terre et trouvent une très grande plaine derrière le village.

Jeudi 20 octobre 1853. — ... A cinq heures vingt du matin, nous appareillons et continuons à remonter dans l'Acquebah. A six heures sept, nous sommes vis-à-vis le village d'Impérié qui est inondé ; à six heures cinquante, nous sommes au village de Diao ; endroit où la rivière fait un coude brusque et remonte au N.-N.-O. A huit heures quinze, nous sommes par le travers de Bisocoa ; la rivière se rétrécit ; à neuf heures, par le travers d'Akou, ces villages ne sont que des pieds-à-terre des grands villages, qui se trouvent dans l'intérieur ; ils sont noyés jusqu'au toit. Nous voyons aussi beaucoup de bananeries qui sont couvertes par le débordement. A neuf heures quinze, nous mouillons devant Angrako, village qui se compose de quelques cases, dont on n'aperçoit que la toiture. Cet endroit est le débarcadère du village de Grand Potou ; la végétation est magnifique.

Vendredi 21 octobre 1853. — ... Je descends à terre. Nous trouvons quelques cases habitées par de vieilles femmes, les autres cases sont inondées ; derrière ce village, se trouvent deux chemins qui conduisent au village de Grand Potou, mais qui, vu l'inondation, ne sont praticables qu'environ pendant un bon quart de lieue. Je m'avance dans celui de droite, c'est un sentier très étroit, tracé au milieu d'une forêt vierge ; au bout d'un quart d'heure de marche, je suis arrêté par un marigot que la crue des eaux a fait monter. Près de ce marigot se trouvait un arbre très gros, sur lequel je remarquai quelques gros ignanes qui grimpaient sur les lianes entrelaçant les branches de cet arbre. Ce marigot est asséché quand la rivière est dans son lit ordinaire. Je trouvai sous les feuilles des plantes, le long du sentier, une vitrine jaune, plusieurs limaces ; une espèce de parmacelle, deux hélices, dont une conique et l'autre carénée. En revenant, la pluie nous surprit et nous força à chercher un abri dans les cases du village. Ces cases sont assez bien bâties, mais sans aucun luxe ; dans l'une d'elles, nous trouvâmes un petit enfant dont la jambe probablement cassée était entourée de feuilles de plantes retenues par un lien d'herbe bien souqué.

Samedi 22 octobre 1853. — ... Dans l'après-midi, les chefs du village de Potou arrivent au village d'Angrako et appellent. Du bord, on leur envoie Assama (ex-roi de Grand Bassam) qui revient nous prévenir que les chefs ne viendront à bord qu'après qu'on aura envoyé un officier en otage à terre. M. Clément est envoyé à terre et les chefs viennent à bord dans une pirogue ; ils sont accompagnés d'un grand nombre de leurs sujets. On les fait asseoir en rond sur l'arrière du navire ; on remarque parmi eux plusieurs vieillards qui paraissent plus importants que les autres ; du reste, le roi du village est un vieux septuagénaire dont les moindres paroles sont écoutées avec un religieux silence par ses sujets ; il porte à la main une canne sculptée, dont la tête est assez bien travaillée ; elle est en ivoire et représente une suite de faces supportant une petite plate-forme où se repose la main. C'est à ce chef que M. Baudin s'adresse ; il lui fait traduire par l'interprète, qu'il est venu dans le pays pour faire la paix avec toutes les populations du Potou. Le vieux chef répond qu'il ne demande pas mieux que de faire la paix avec nous ; mais que les hostilités ont commencé de notre côté, qu'on leur avait volé plusieurs fois des bananes et que leurs réclamations n'ayant pas été écoutées, ils avaient pris une touque d'huile de palme et que c'est ainsi que la guerre a commencé... M. Baudin lui répond qu'il connaît ces faits et qu'il les a désavoués sitôt qu'il les a appris ; mais que maintenant, il vient vers eux pour tout arranger. La paix est faite, un traité en règle est signé, dans lequel, d'après la demande des nègres, un article porte que tout voleur sera puni d'une amende double de la quantité qu'il aura prise. Une touque d'eau-de-vie leur est distribuée, et le commandant se rend à terre pour y faire la cérémonie fétiche du lavage dont j'ai déjà parlé.

DIMANCHE 23 OCTOBRE 1853. — ... Nous quittons Angrako, et nous descendons la rivière. Hier nous devions remonter jusqu'à un barrage de roches qui se trouve à une lieue au-delà d'Angrako, mais le commandant changea subitement d'avis. Il y a encore deux autres barrages plus haut ; on n'a jamais été plus loin que le troisième barrage. A sept heures vingt-cinq du matin, nous passons devant Diao ; à sept heures vingt-deux, devant Impérié ; à sept heures trente-quatre, devant Yiaou ; à huit heures vingt, devant le premier canal de l'île Bouet ; à huit heures trente-et-un, nous mouillons en rade du comptoir...

LUNDI 24 OCTOBRE 1853. — ... Nous embarquons des passagers ; puis, à neuf heures, nous appareillons, passons la barre et à dix heures je reviens sur la frégate où je reprends mon poste d'élève. Pendant notre absence, les maladies ont beaucoup sévi à bord ; il y a eu jusqu'à deux cent quarante-cinq malades à l'hôpital ; maintenant il n'y en a plus que cent-cinquante, mais il y en a encore de très malades, surtout de la dyssenterie, des coliques sèches et des fièvres. On a perdu neuf hommes de coliques sèches et de dyssenterie. Les blessés sont presque guéris ; un soldat, celui qui criait dans la plaine : *Vive l'Empereur !* pendant qu'on le pansait, au pied d'un arbre, ce soldat dis-je, a été amputé du poignet ; un noir a été amputé d'un bras...

VENDREDI 4 NOVEMBRE 1853. — ... Nous appareillons et faisons route pour Sierra-Leone à six heures du matin à la vapeur. Les terres de Sierra-Leone et les îles Bananes semblent toujours être un groupe d'îles. Ce n'est que quand nous sommes assez près du cap Sierra-Leone que nous distinguons les arbres de la rive nord de la rivière. Nous trouvons sur rade le brick de guerre anglais, *Philomèle*, qui porte huit pièces. Ce brick d'une nouvelle construction avait beaucoup de rentrée et sa mâture était très-forte.

Nous sommes restés sur rade de Sierra-Leone jusqu'au 10 novembre. Pendant ce temps, nous avons fait cent quarante tonneaux de charbon et une certaine quantité d'eau, car notre cuisine ne peut suffire aux nombreuses consommations d'eau de l'hôpital qui a toujours beaucoup de malades. J'ai pu faire deux courses conchyologiques et je suis revenu assez content de ce que j'avais trouvé.

5

La ville de Sierra-Leone est très étendue, la partie Est est la ville des Krowmens ou Krow-town. Les rues sont tirées au cordeau et parfaitement bien alignées. Un très joli chemin serpente derrière les barraques et traverse les ruisseaux qui apportent l'eau à la ville. Sierra-Leone est très malsain. Un Français, M. Clément, y a monté un hôtel ; les officiers du bord en ont profité pour rendre un dîner qui leur avait été offert par les officiers de troupes anglais, il leur a coûté 500 francs.

JEUDI 10 NOVEMBRE 1853. — Nous avons appareillé à la vapeur à onze heures trente du matin, et fait route pour Gorée. Un quart d'heure après l'appareillage, une des chaudières était percée : une fuite s'y déclarait. Obligés d'éteindre ses feux et d'en allumer une autre. A midi, une seconde chaudière est hors de service ; on allume la quatrième ; et si maintenant une des deux chaudières allumées manque, il faudra éteindre les feux et nous n'irons guère vite à la voile, à Gorée, avec des vents debout. Ces chaudières nous jouent continuellement ces tours, elles ne valent rien, et aussitôt qu'on veut faire monter la pression elles crèvent. La commission d'ingénieurs qui les avait visitées en France avant le départ de la frégate s'était assurée qu'elles pourraient aller pendant quatorze mois, et il y en a bientôt dix-huit qu'elles servent...

MERCREDI 16 NOVEMBRE 1853. — ... M. Potestas quitte ses fonctions de chef d'État-Major : il débarque de l'*Eldorado* et embarque comme passager sur le *Tonnerre* qui doit partir pour la France. Il va porter à l'empereur les rapports de l'expédition de Grand-Bassam, et il est chargé de remettre des fétiches en or à l'impératrice...

Les dernières nouvelles d'Europe nous apprennent que la Russie ayant déclaré la guerre à la Turquie, les Russes ont essayé de franchir le Danube et d'attaquer un fort turc qui, s'étant vaillamment défendu, a forcé les Russes à se retirer avec beaucoup de pertes. Un colonel, plusieurs officiers et un grand nombre de matelots russes sont restés sur le champ de bataille. Les Russes ont bloqué leurs ports de la mer Noire et les escadres françaises et anglaises ont franchi les Dardanelles et sont entrées dans la mer Noire...

13 DÉCEMBRE 1853. — ... Une espèce de jalousie, qui règne entre le nouveau chef d'État-Major et les officiers, est cause que désormais nous aurons les exercices du tableau de service réglementaires. Aujourd'hui on a fait l'exercice du canon. Demain mercredi il y aura branle-bas de combat le matin, et exercice des embarcations le soir. Cela me contrarie beaucoup, car désormais j'aurai très peu de temps à moi...

Le packet anglais qui devait arriver le 6 d'Europe n'est pas encore venu. Nous l'attendons avec une bien vive impatience, depuis que nous savons que les affaires d'Orient sont de nouveau embrouillées...

SAMEDI 21 JANVIER 1854. — ... La frégate l'*Africaine*, commandée par M. E. Rousseau, capitaine de frégate, mouille sur rade, venant de Saint-Louis et précédemment de Brest; cette frégate armée en transport est chargée de vivres pour Gorée. Comme toujours, nous sommes employés à faire ses corvées. Pendant une de mes corvées, j'ai vu à bord un conseil s'assembler pour juger le second d'un brick-goëlette le *Bon Père* qui avait jeté un pain à la figure de son capitaine, après une dispute qui s'était élevée entre eux, au sujet des rations de l'équipage. Le second, qui est armateur, voulait diminuer la ration. Il a été condamné à cinq cents francs d'amende et trois mois de prison...

SAMEDI 28 JANVIER 1854. — Le courrier de Saint-Louis nous apprend que la frégate à vapeur, le *Montézuma*, a mouillé sur rade de Saint-Louis le 24. Elle a à son bord le gouverneur du Sénégal, M. Protêt, et les troupes nécessaires à l'expédition de Podor qui va enfin avoir lieu. Jusqu'à présent, l'*Eldorado* ne doit envoyer qu'une seule compagnie à cette expédition. Je crains bien qu'elle ne puisse la compléter, car tous les jours les hommes tombent malades. Ce sont des rechutes des fièvres de Grand-Bassam. M. Laplagne est lieutenant de cette compagnie de débarquement...

DIMANCHE 5 FÉVRIER 1854. — ... Un trois-mâts, parti le 15 janvier de France, nous apprend que la guerre est déclarée entre la Russie et la France...

JEUDI 9 FÉVRIER 1854. — ... A onze heures et demie, nous mouillons devant la barre du fleuve Sénégal. Grand effet de mirage sur tout l'horizon...

VENDREDI 10 FÉVRIER 1854. — ... A midi, même effet de mirage qu'hier sur tout l'horizon... Demain nous recevrons enfin nos lettres, toujours aussi vivement désirées.

SAMEDI 11 FÉVRIER 1854. — ... Le *Marabout* descend le fleuve et franchit la barre : il passe à nous ranger et une embarcation va à son bord pour y prendre un pli du commandant pour M. Lamotte. Ce pli annonce que l'empereur a accordé les récompenses suivantes pour l'expédition de Grand-Bassam : MM. Leroux et Bosse ont été faits officiers de la Légion d'honneur ; MM. Clément, enseigne de vaisseau ; Bonnet, lieutenant d'artillerie ; Le Beurriée, sous-commissaire de l'*Eldorado* et Lambert, soldat amputé du bras, chevalier de la Légion d'honneur. Souraké, laptot, amputé du bras, et Pernot, matelot de l'*Eldorado*, blessé, ont été médaillés, ainsi qu'un autre noir...

Dans la nuit du 15 au 16, à onze heures trente, un vapeur à hélice passe près du mouillage, stoppe et tire deux coups de canon. Il attend environ un bon quart d'heure. On amène une baleinière pour voir ce qu'il demande ; mais ennuyé d'attendre, il fait route au moment où on amenait l'embarcation. Nous présumons que c'est le packet anglais qui ayant avancé son départ pour l'Angleterre (il ne devait paraître que le 23 à Gorée) aura passé en rade de la barre ou nous étions pour voir si le commandant n'avait pas de plis à envoyer en France et qu'il aura supposé le contraire, en voyant que l'on n'envoyait pas d'embarcation : ce qui provenait de ce que l'officier de quart avait été se coucher et de ce qu'il n'était monté sur le pont qu'au deuxième coup de canon...

Samedi 18 février 1854. — ... Nous trouvons sur rade le *Crocodile* qui vient du sud. Il a été obligé de brûler un village du Gabon, dont les habitants avaient pillé un navire...

L'expédition de Podor doit commencer vers le 10 ou 15 mars. Nous pensons partir pour la France au commencement de mai...

Samedi 25 février. — ... La proclamation suivante de M. Baudin paraît à bord :

ORDRE DU JOUR

« Officiers, officiers mariniers, marins de la Station des côtes occidentales d'Afrique.

« La France possédait autrefois à Podor, dans le Sénégal, un établissement important qui, surpris par les naturels du pays, fut détruit.

« L'empereur a décidé qu'une expédition serait dirigée contre les populations du Fouta et que le fort Podor serait reconstruit.

« Il en a confié le commandement supérieur à M. le capitaine de vaisseau Protêt, gouverneur du Sénégal, sous les ordres duquel vous avez déjà marché et qui, cette fois encore, vous conduira au succès.

« Je suis certain d'avance que dans le Sénégal, comme à Cagnabac, vous saurez vous rendre dignes de la confiance que le commandant en chef de cette nouvelle expédition nous montre en appelant la Station à faire partie des troupes dont le commandement lui est confié.

« La colonne de la Station sera composée ainsi qu'il suit (1).

« Les marins descendront en chemise de laine et pantalon de drap, chemise blanche, chapeau de paille.

« Ils auront dans le sac le caban, une chemise, un pantalon blanc et le bonnet de travail.

« Les compagnies de l'*Orénoque*, du *Messager*, embarqueront le 28 courant au soir à bord de l'*Eldorado*, après le souper des équipages.

(1) Suivent les nominations des capitaines et lieutenants promus à la tête des compagnies de chaque bord de la Station : les frégates à vapeur l'*Eldorado* et l'*Orénoque* ; le brick le *Messager* ; l'aviso à vapeur, le *Crocodile*, avec le nombre d'hommes placés sous leurs ordres. — La compagnie de l'*Eldorado,* à bord duquel naviguait Emile Eudel, se composait ainsi :

MM. Gillotin, lieutenant de vaisseau, capitaine ;
Maudet, lieutenant de vaisseau, lieutenant ;
Lacave-Laplagne, enseigne de vaisseau, sous-lieutenant.

Officiers mariniers, marins, tambours et clairons : 95.

L'effectif des officiers mariniers et marins, fournis par chaque compagnie, s'élevait à 241.

« Celle du *Crocodile* attendra à son bord devant la barre du Sénégal le moment de mon arrivée.

« Le chef de division, commandant la Station des... etc.

« Signé : A. BAUDIN. »

DIMANCHE 26 FÉVRIER. — ... A l'inspection, le second nous lit l'ordre suivant de M. Baudin :

ORDRE DU JOUR

« Officiers, officiers mariniers et marins du corps expéditionnaire de Grand-Bassam.

« Par une dépêche que je viens de recevoir, S. E. le ministre de la Marine, tout en m'exprimant ses regrets de n'avoir pu obtenir plus de récompenses, m'annonce que l'Empereur m'autorise à vous exprimer toute sa satisfaction pour le courage dont vous avez fait preuve à l'affaire d'Eboué et l'ardeur que vous avez apportée aux pénibles travaux que nous avons exécutés. Je suis heureux d'avoir été choisi pour être l'interprète des sentiments de S. M.

« Une nouvelle occasion se présentera dans quelques jours pour prouver de nouveau à l'empereur, en même temps que votre reconnaisance, votre inaltérable dévouement. Vous ne la laisserez donc pas échapper et vous justifierez la confiance de l'empereur et de vos chefs, non-seulement par votre courage devant l'ennemi, mais encore par votre bonne conduite pendant votre séjour à Saint-Louis et dans le fleuve.

« Le chef de division, commandant en chef la Station des côtes occidentales d'Afrique,

« Signé : A. BAUDIN. »

Pour copie conforme :

« Le lieutenant de vaisseau, chef d'état-major,

« Signé : Ed. JOUNEAU. »

LUNDI 6 MARS 1854. — ... Le *Marabout* venant de Saint-Louis, mouille près de nous à une heure de l'après-midi. Il embarque les compagnies de débarquement et prend le canot tambour qui nous reste et le canot major ; puis il part pour Saint-Louis, après nous avoir embarqué quelques militaires qui sont envoyés comme convalescents à notre bord, car nous restons au mouillage de la barre. On prend l'*Eldorado*, frégate amiral, pour un bateau hôpital !... c'est dégoûtant.

SAMEDI 11 MARS. — ... Une pirogue accoste à bord, venant de Saint-Louis, pour nous apporter de la viande fraîche ; nous apprenons que demain dimanche notre aumônier doit dire à Saint-Louis une messe militaire, qu'il y aura une bénédiction des drapeaux, que madame Protêt quêtera, etc. Un farceur ajoute que les Maures de Podor ont proposé de s'allier au corps expéditionnaire, et qu'ils ont déjà commencé à déblayer le terrain.

Les troupes partent lundi pour Podor ; les marins ne doivent partir que le 15.

DIMANCHE 19 MARS 1854. — ... La barre assez belle permet à une pirogue de la franchir. Le mât de pavillon des pilotes nous signale d'envoyer prendre nos lettres en dehors des brisants. M. Lamotte reçoit une lettre du commandant. Voici ce qu'elle contenait de bien intéressant pour nous : Les troupes et marins sont à Podor, le dernier convoi doit partir demain. Le ministre à écrit à M. Baudin de partir pour la France le 15 mars (et nous sommes le 19) ; mais si nos hommes sont à Podor, d'attendre leur retour qui devra avoir lieu aussitôt qu'on pourra se passer de leur concours ; et alors de partir immédiatement pour la France. Donc M. Baudin ordonne à M. Lamotte de partir de suite pour Gorée ; et, aussitôt arrivé, de faire son plein de charbon et soixante-sept jours de vivres et de compléter tous les huit jours de manière à ce qu'au retour de M. Baudin nous puissions immédiatement faire voile pour la France. Notre remplaçant est la frégate à voiles l'*Héliopolis*, commandée par M. Mauléon, capitaine de vaisseau, nouveau commandant de la Station, qui arme à Rochefort et qui fait son premier voyage. Nous pensons donc partir pour la France vers le 15 du mois prochain...

SAMEDI 1er AVRIL 1854. — ... Nous recevons par le courrier de Saint-Louis des nouvelles de Podor, MM. Laplagne et Jouneau écrivent à M. Lamotte, voici ce qu'ils nous annoncent. Ils sont partis de Saint-Louis le 18, le 19 ils se sont arrêtés à Daganna pour palabrer avec les Maures Bracknas et Trarzas qui voulurent rester neutres et refusèrent d'être alliés. Ils furent attaqués à un passage, qu'ils mirent deux heures à franchir ; ils eurent un homme blessé. Le 23 ils arrivèrent à Podor. Le 24 au matin, ils débarquèrent à deux lieues plus bas que Podor, rendant ainsi nulles les fortifications que les noirs avaient établies au bord du fleuve, par le travers de leur village, dans la prévision d'une attaque de ce côté. Ils ne furent point inquiétés au débarquement, — ils se formèrent en colonne et s'avancèrent sur Podor ; le pays qu'ils traversaient était une immense plaine où croissaient çà et là quelques maigres arbrisseaux. Ils furent bientôt entourés par quatre à cinq milles Toucouleurs, dont quelques-uns à cheval. M. Laplagne était à l'avant-garde ; on fit démasquer les obusiers et quelques boulets et paquets de mitraille en tuèrent beaucoup et les mirent en fuite. Avant cette attaque, les Toucouleurs s'étaient contentés de suivre à distance le corps expéditionnaire, en faisant de temps en temps un feu de tirailleurs, dont les balles arrivaient à peine jusqu'à nos hommes. Quant ils prirent la fuite, M. Protêt ne voulut pas les faire poursuivre, malgré qu'il eut un escadron de spahis. On s'empara du magnifique village de Podor que l'on brûla ainsi que deux ou trois autres. Les Toucouleurs ont eu beaucoup de morts et de blessés ; de notre côté, il y a eu deux soldats noirs tués, et cinq blessés, dont un soldat blanc et un matelot du *Crocodile*, qui eu le nez coupé. On a déjà déblayé le terrain et le fort qu'on veut construire doit s'élever sur les ruines du village de Podor. Le chef de Podor s'est avoué vaincu ; mais la paix n'est pas encore faite. Après avoir établi des blockhaus pour protéger les travailleurs à Podor, le gouverneur veut encore poursuivre les Toucouleurs afin de les forcer à payer les coutumes. La chaleur est très grande à Podor, la température moyenne est de 35 à 40° ; malgré cela nos hommes sont assez bien portants, il y a très peu de malades...

Lundi 3 avril 1854. — ... J'ai fait une partie de cheval aux Mamelles et je suis revenu harassé de fatigue, jurant mais un peu tard qu'on ne m'y reprendrait plus. Nous avions loué nos chevaux chez le noir Héliophall à Dakar ; il nous donna deux bêtes que nous eûmes toutes les peines du monde à faire avancer, ce qui n'était pas étonnant, car elles avaient couru toute la journée du dimanche et étaient éreintées. Nous fîmes d'abord route pour Hann où nous déjeunâmes chez Mme Thérèse Baudin, tante d'Emilie Dulaitty ou Bichop notre blanchisseuse. De là, nous nous dirigeâmes sur les Mamelles, où nous arrivâmes assez tard, car nos maudits chevaux voulaient à peine prendre le trot. Après nous être arrêtés un instant au village bâti au pied de ces petites montagnes, nous prîmes un guide et commençâmes l'ascension par un petit sentier tortueux qui conduisait au sommet. La vue dont nous jouîmes, arrivés au sommet, nous dédommagea un peu de nos fatigues ; mais la brume nous empêcha de distinguer plus loin que le commencement de la baie d'Yof d'un côté, et que celui de la baie de Hann de l'autre. Nous montâmes sur les deux Mamelles ; un petit bois qui les sépare renferme beaucoup de gazelles, car nous en vîmes trois. Tout le terrain de la presqu'île, du Cap Vert est le même, ce n'est qu'une grande plaine brûlée par le soleil et où croissent de distance en distance de gigantesques baobabs, dont plusieurs ont plus de soixante-dix pieds de circonférence. Nous revînmes à Dakar par un sentier qui est tracé du village des Mamelles (ce village s'appelle Duakam) à ce dernier. Les Mamelles sont éloignées d'environ une lieue et demie de Dakar ; ces montagnes situées au Cap Vert lui-même sont nues et isolées sur toute la presqu'île, c'est le point culminant du pays et on les aperçoit de quatre ou cinq lieues, car elles ne sont pas très élevées et il faut un quart d'heure au plus pour arriver à leur sommet...

Jeudi 6 avril 1854. — ... A trois heures de l'après-midi, le packet anglais, venant d'Europe mouille sur rade. Par lui, nous recevons des nouvelles d'Europe : le czar n'a pas accepté l'ultimatum de la France, la guerre est imminente.

Samedi 15 avril 1854. — ... Le courrier de Saint-Louis nous apporte quelques nouvelles de Podor. M. Baudin y est allé, il doit revenir le 19. Le fort est à moitié construit, la paix est faite avec les tribus des Toucouleurs. Le gouverneur pense revenir à Saint-Louis avec toutes ses troupes dans une vingtaine de jours...

Le 13 (jeudi saint), tous les navires de guerre ont mis leurs vergues en pantenne, les couleurs en berne et des cornes horizontales. Hier (vendredi saint), tous les équipages ont fait maigre, l'*Orénoque* a tiré d'heure en heure un coup de canon ; et La

Terre de demi-heure en demi-heure. Aujourd'hui à dix heures du matin, les navires ont redressé leurs vergues, l'*Eldorado* et le *Fort de Gorée* ont fait une salve de 21 coups de canon.

MARDI 18 AVRIL 1854. — ... J'ai fait une partie à la grande terre avec Buffy. Après avoir loué des chevaux à Dakar, nous nous dirigeâmes au grand galop vers Hann, en suivant d'abord la plage jusqu'au Petit-Paris, et de là prenant par un chemin qui conduit au milieu de la baie de Hann. Après avoir déjeûné à Hann, nous remontâmes à cheval et nous suivîmes la plage jusqu'à mi-distance de Hann à Careuil : là nous coupâmes dans l'intérieur et nous arrivâmes ainsi, après avoir traversé le Marigot qui s'étend de Hann à Imbas, nous arrivâmes, dis-je, au pied d'une chaîne de monticules, dans un bas fond où se trouvent plusieurs lacs. Cet endroit est plus vert et plus agréable à l'œil que le terrain de la presqu'île ; des petits bois de palmiers entourent ces lacs. Nous gravîmes les monticules, et de là nous allâmes droit à la plage de la baie d'Yof, traversant une grande plaine inculte. Il y a plusieurs brisants dans la baie d'Yof et quoique ils ne soient pas forts, une embarcation ne pourrait les franchir. Nous longeâmes la plage jusqu'au village d'Yof, qui se trouve vis-à-vis l'île du même nom. Cette île est à une portée de fusil de terre : une ligne de récifs joint la pointe S.-O. à la terre. Le village d'Yof n'offre rien de remarquable. D'Yof nous piquâmes sur les Mamelles ; et après nous être reposés un moment sous un gigantesque tamarinier, nous reprîmes notre course au clocher, et nous nous acheminâmes vers un bois de palmiers qui se trouve derrière Hann, dans l'espoir d'y trouver du vin de palme. Mais notre espoir fut déçu, toutes les *bouillies* (vases, calebasses), avaient été détachées des palmiers ; il était trop tard, et nous nous dirigeâmes vers la maison de Mme Baudin. où nous nous reposâmes deux heures, après lesquelles nous enfourchâmes nos chevaux et reprîmes la route de Dakar où nous arrivâmes à cinq heures et demie du soir ; nous étions sur nos chevaux depuis sept heures du matin.

JEUDI 20 AVRIL 1854. — ... A dix heures et demie du matin, une frégate à voiles, portant guidon au grand mât, apparaît, doublant le cap Manuel et se dirigeant vers la rade de Gorée, bonne brise du N.-E. L'*Orénoque* lui signale : « Ordre au bâtiment qui rallie de mettre son numéro ». Elle répond ; c'est l'*Héliopolis !* c'est notre remplaçant !!! L'*Orénoque* amène son guidon, que M. Poudra, son commandant, capitaine de vaisseau, avait arboré en l'absence de M. Baudin. A midi l'*Héliopolis* mouille sur rade. Nous saluons le guidon de M. Mauléon de neuf coups de canon, il nous en rend quatre.

. . . Nous partons pour France après demain, samedi, 22 avril !!! Quel bonheur !!!

SAMEDI 22 AVRIL. — ... Nous ne partons pour France que demain. Nous devons aller à Saint-Louis prendre nos embarcations . . .

DIMANCHE 23 AVRIL 1854. — . . . A 2 heures 32 minutes 30 secondes l'ancre est dérapée ! !. . . Nous faisons route pour sortir de la rade.

L'Héliopolis nous salue de neuf coups de canon, que nous lui rendons.

Nous amenons notre guidon au moment où nous doublons Gorée. Quelques instants après, l'*Héliopolis* hisse le sien et le salue de neuf coups de canon. Ses hommes sont rangés sur les vergues. Nous nous éloignons rapidement, il est cinq heures et nous avons doublé les *Almadées*. Nous faisons route pour Saint-Louis où nous devons nous arrêter pour prendre nos canots tambours.

LUNDI 24 AVRIL 1854. — . . . A la pointe du jour, une brume à couper au couteau nous empêche de rien distinguer. On avertit le commandant qui monte sur le pont et fait aussitôt sonder ; la sonde rapportant six brasses, nous mouillons de suite (sept heures du matin). A 10 heures 30, la brume se dissipe, et nous permet d'apercevoir la terre dont nous sommes à peine à un mille et demi. Quelques instants après, nous découvrons deux navires dans le nord au mouillage de la barre ; nous en sommes à environ quatre milles. On pousse les feux et à 11 heures 10, nous appareillons et faisons route pour la barre où nous mouillons à 11 heures 50. Comme la vie du marin tient à peu de chose, si la nuit dernière nous avions seulement marché avec un demi-mille de vitesse de plus, nous étions à la côte avant le jour !!

Je viens d'apprendre aujourd'hui que la guerre a été déclarée par la France contre la Russie le 28 mars 1854. Depuis cette époque, nous sommes donc en temps de guerre et le service nous est compté comme double pour la retraite (quand on a déjà vingt-cinq ans de service effectif). . .

LUNDI 1er MAI 1854. — . . . Nous arrivons à Ténériffe au moment des fêtes de la ville. Ces fêtes durent plusieurs jours. Nous sommes restés à Ténériffe jusqu'au 4, et pendant ce temps la mer a toujours été très plate et nous avons pu débarquer avec beaucoup de facilité.

Le 2, je suis descendu à terre dans la journée ; j'ai assisté à des combats de coqs qui se donnaient dans un petit cirque situé dans la partie ouest de la ville. Le soir il y avait musique sur la promenade de l'Alameda, située près du débarcadère. Cette promenade était illuminée ; à l'extrémité, plusieurs jets d'eau étaient en mouvement et une foule d'Espagnoles en toilette de bal et mantille se promenaient dans les allées de ce petit jardin d'hiver. Les femmes sont en général très jolies, je me rappelerai longtemps cette promenade. J'ai assisté à une cérémonie religieuse à la cathédrale.

Le 3 au soir, les officiers de l'*Eldorado* ayant été invités à un bal donné au Casino par la Société Philharmonique de Santa-Cruz, nous nous rendons à cette invitation. Ce bal commencé à dix heures finit à quatre heures du matin ; je suis resté jusqu'à la fin et j'ai emporté de bien doux souvenirs de cette soirée. C'est qu'aussi, depuis deux ans,

6

je vis en sauvage, en ermite et, nécessairement, ces plaisirs me paraissent bien plus grands qu'à ceux qui y sont habitués. Toutes les femmes de ce bal étaient adorables, pas une n'était laide. Leurs toilettes ne laissaient rien à désirer ; le luxe est très grand à Ténériffe et les modes y sont suivies comme à Paris. Les Espagnoles ont beaucoup plus de laisser-aller dans leurs danses que les Françaises ; quelques-unes parlaient français. (Celle que j'ai reconduite chez elle demeure au-dessus du consul français, dans la même rue, de l'autre côté, presque au bout, — la maison la plus élevée).

Jeudi 4 mai. — ... Nous quittons Ténériffe. Les deux jours que nous y avons passés m'ont paru bien courts, et j'ai éprouvé tant de douces émotions et de jouissances pendant ce peu de temps que (j'en suis moi-même étonné) j'ai pleuré en voyant les dernières maisons de Santa-Cruz disparaître noyées dans la mer. Oui, j'ai pleuré longtemps, j'ai regretté cette ville qui en deux jours m'avait donné plus de plaisir que toute la côte d'Afrique en deux ans... (1).

Samedi 6 mai 1854. — ... A 6 heures 45 du soir nous mouillons sur rade de Funchal ; du mouillage nous apercevons les Iles Désertes ; mais la pointe Est de Madère est cachée par un cap situé à l'est du mouillage. La vue de Funchal, de la rade, est magnifique ; la ville est bâtie en amphithéâtre, car les montagnes commencent au bord de la mer. Les maisons sont en partie cachées çà et là par des allées de verdure et des jardins qui les entourent. Une chapelle est perchée presque au sommet de la montagne et domine toute la ville ; un fort est bâti sur un îlot rond très élevé, à pic de tous côtés (fort Loo), situé à l'ouest de Funchal. Les embarcations de Funchal ont l'*étrave* et l'*étambot* prolongés de trois ou quatre pieds au-dessus des *fargues ;* elles n'ont point de *tonture* et marchent assez bien. A la nuit la ville s'illumine et, sur plusieurs points, nous voyons lancer des fusées et des feux d'artifice, plaisir très aimé des Portugais et qu'ils se donnent à chaque fête religieuse. (Madère appartient au Portugal, nous y avons un consul). On peut descendre à terre vis-à-vis la ville ; mais alors ce ne sont pas les embarcations du bord qui vous amènent sur la plage, ce sont des embarcations du pays à fond plat, à trois quilles, qui franchissent le petit brisant qui se trouve là et qui vous déposent sur les galets de la plage. On peut débarquer plus facilement près du fort Loo à un escalier taillé dans le roc ; mais cet endroit est assez éloigné de la ville. Le mouillage de Funchal est assez rapproché de la terre, car le fond diminue très rapidement à un mille de terre.

Dimanche 7. — ... Je descends à terre le soir. Nous débarquons près du fort Loo

(1) Nous trouvons ici, interfoliée dans le journal d'Emile Eudel, la carte du bal, *Orden del baile,* en tête de laquelle figure un *Rigodon.* Puis viennent les *Polka, Danza, Walsh...* mon frère a marqué d'une astérique à l'encre trois *polkas* et une *schottisch.* Derrière, il a écrit : « Nuit du mercredi 3, au jeudi 4 mai 1854, à Santa-Cruz de Ténériffe au Casino ». — Et il a gardé de son séjour à Santa-Cruz jusqu'à sa carte d'entrée, *Gallera. Entrada. Num.* du combat de coqs du mardi 2 mai 1854.

à un escalier en pierre qui conduit sur une plate-forme, aboutissant dans les faubourgs à une rue très longue qui conduit à la ville. La ville de Funchal est assez bien bâtie et assez propre ; les maisons n'ont qu'un ou deux ou trois étages, on pourrait se croire dans une ville de France. Les rues sont pavées en petits cailloux posés avec régularité et disposés en certains endroits en mosaïque. La ville est traversée par deux ravines sur lesquelles on a jeté des petits ponts de distance en distance. La longue rue conduisant au centre de la ville passe à côté du cimetière que j'ai visité ; il n'offre rien de bien curieux, il est propre, bien entretenu, une chapelle y est construite. Les tombes des familles sont toutes adossées au mur d'enceinte et sont numérotées, une grande allée de cyprès fait le tour ; l'intérieur est rempli des tombes de ceux qui ne peuvent acheter le terrain et rien n'indique la place où ils reposent. La position de ce cimetière au milieu de la ville est cause de fièvres assez fréquentes à Funchal.

Une grande colonne parfaitement cylindrique et n'ayant aucun ornement est bâtie sur la plage vis-à-vis le milieu de la ville ; c'est à cet endroit qu'on débarque au moyen des embarcations du pays à trois quilles, construites pour pouvoir passer facilement la lame qui déferle à terre et pour être de suite halées à sec au plein sur les galets de cette plage.

Il n'existe que deux hôtels à Madère, et tout y est horriblement cher. On prend trois piastres pour une journée. Un seul café assez gentil est situé tout près de l'endroit où on débarque en embarcation du pays, mais tout y est à prix élevé ; la bière *(pale ale)* coûte deux francs cinquante la bouteille. On y trouve des glaces.

Les monnaies françaises passent à Madère, mais on perd cinquante centimes sur la pièce de cinq francs et à proportion sur les petites monnaies. On nous a refusé les pièces d'or de vingt francs. On compte à Madère par dollars ou piastres de cinquante vingtins ; la piastre vaut cinq pièces d'argent de dix vingtins. Cette pièce se divise elle-même en deux parties égales de cinq vingtins chaque. En cuivre, il existe des pièces d'un vingtin (deux sous de France, il y a deux x marqués sur ces pièces) et d'un demi vingtin.

Les femmes Portugaises sont loin d'être aussi jolies que les Espagnoles ; à Ténériffe il ne se trouvait que de jolies femmes ; ici elles sont presque toutes laides, à peine en ai-je vu trois ou quatre de jolies. Il y a beaucoup d'Anglaises. La ville étant bâtie au pied des grandes montagnes de l'île, toute une partie s'élève en amphithéâtre.

J'ai vu un ancien couvent de moines abandonné, la cathédrale où je ne suis point entré, le collège des jésuites ou l'église des jésuites. Le marché aux poissons où se trouve un petit jet d'eau qui, quoique très simple, est assez élégant.

La ville de Funchal renferme plusieurs promenades assez jolies plantées de platanes et ayant des allées entières de roses, de géraniums et d'héliotropes, car toutes ces plantes sont de pleine terre à Madère.

Dans cette saison-ci, nous n'avons presque pas de fruits, seulement des oranges, des bananes, des citrons et des petites fraises des quatre saisons. Mais dans quelques mois on se procurera à bon marché des poires, des pommes, du raisin, des abricots, des pêches, etc.

Le terrain de l'île est très riche : aussi tout y vient dans la perfection, les légumes sont magnifiques.

Aujourd'hui était jour de fête et une procession fit le tour de la ville ; nous la rencontrâmes, elle était assez simple ; les statues qui étaient portées sont d'aussi mauvais goût que celles des Espagnols, les Portugais les couvrent de dorures et leur peignent la figure et les mains; sur tout le chemin que devait suivre la procession, on avait jeté des fleurs et, de distance en distance, des petits arcs de triomphe en feuillages étaient liés entre eux par des guirlandes de roses et de géraniums, fleurs très communes ici.

La ville est remplie de gamins mendiants qui sont bien ennuyeux.

Le gouverneur est logé dans une espèce de château, qui renferme, dit-on, de très beaux appartements.

LUNDI 8 MAI 1854. — ... Une partie à cheval avait été projetée entre MM. Laplagne, Gestein, Long, Bussy et moi, nous descendîmes à dix heures et demie du matin, et notre canot se dirigea vers la ville. Comme les embarcations du bord ne peuvent accoster à terre sur les galets, on est obligé de prendre près de terre une barque du pays pour se faire mettre sur la plage. Mais le gouverneur de Madère a toujours l'obligeance de mettre à la disposition des navires de guerre français, une barquette du pays qui est payée par lui pour transporter les officiers français qui descendent à terre. Nous trouvâmes sur la plage des chevaux qui nous attendaient. Après avoir discuté un moment sur le prix qui, de deux francs l'heure, tomba à un franc cinquante nous enfourchâmes nos montures et traversâmes la ville. Ces chevaux sont excellents, j'étais constamment obligé de retenir le mien. Ils ont de très jolie formes et ces messieurs assuraient n'en avoir trouvé (de louage) aussi bien qu'au cap de Bonne-Espérance. Ces chevaux sont ferrés à glace, ils ont des crampons à l'arrière du fer, précaution indispensable dans un pays où les routes ont quelquefois 30° d'inclinaison et où elles sont toujours pavées en petits cailloux comme dans la ville. Ces cailloux sont assommants. Nous avons fait une très longue course, et constamment les routes étaient ainsi pavées. Les hommes qui nous avaient loué les chevaux nous accompagnèrent tout le temps, s'accrochant à la queue du cheval quand nous allions trop vite et du reste infatigables, car nous serions tombés cinquante fois de lassitude et trente fois en glissant sur les cailloux, s'il nous avait fallu faire la même route à pied. Les campagnards portent un singulier petit bonnet.

Après avoir traversé la ville, nous commençâmes à gravir la montagne par une route droite de plus de 35° d'inclinaison, car la route au lieu de monter en zig-zag s'élance tout droit au sommet de la montagne. Elle a peu de largeur et comme je le disais tout à l'heure est pavée de petits cailloux comme la ville.

Nous nous dirigeâmes vers la chapelle qui est bâtie aux 2/3 de la montagne. Jusque là, la route est bordée de maisons ou de murs d'enceintes de propriétés. La végétation est très riche et Madère réunit à quelques plantes des colonies les.plantes d'Europe. Sa flore doit être bien riche, nous vîmes des chênes, des pins, des platanes, le fumeterre officinal, la digitale pourprée, des fuschias, des géraniums de serre, du chèvrefeuille, des pervenches, de l'héliotrope ; la fougère aquiléa, des bananiers, des aloës, du lierre, des fraisiers sauvages, etc.

Nous arrivâmes enfin à la chapelle : du péristyle la vue est bornée par de grands arbres plantés devant, mais nous montâmes dans une des tourelles et de son sommet jouîmes d'une vue admirable ; la ville baignée par la mer nous apparaissait au milieu d'un océan de verdure, les maisons blanchies à la chaux faisaient ressortir la couleur sombre des rochers, des ravins qui, traversant la ville, aboutissent à la mer. Sur rade, notre belle frégate, toujours coquette, dorée par le soleil, ne semblait qu'un atome au milieu de tout ce grandiose ; et cependant elle en imposait encore par sa tenue, la régularité de son gréement et sa coque noire percée de distance en distance et laissant apercevoir la gueule d'une pièce de quatre-vingts. A droite et à gauche de la ville ce n'étaient que jardins, vignes et maisons de campagne.

Après avoir contemplé ce panorama pendant plus d'un quart d'heure, nous enfourchâmes nos montures. Je garderai longtemps le souvenir de cette chapelle qui est assez grande, ornée à profusion, et encore toute parfumée des bouquets et guirlandes de roses, de chèvrefeuille, de géraniums, d'héliotrope, etc., dont on l'avait ornée à la fête d'hier. Elle renferme un orgue anglais.

En quittant la chapelle, nous montâmes encore, passant à côté de propriétés magnifiques ; puis nous prîmes à droite, et nous arrivâmes à une ravine immense, dans laquelle nous descendîmes par un sentier en zig-zag, ayant à côté de nous un précipice de plus de mille pieds, sans garde-fou, pour nous empêcher de tomber ; il y avait de quoi avoir le vertige, le sentier ne permettait qu'à un seul cheval de passer de front. Nous eûmes encore une bien belle vue dans cette ravine ; au fond nous trouvâmes un pont pour traverser le torrent qui se précipite de rochers en rochers en décrivant mille sinuosités. Après avoir traversé le pont nous eûmes encore le même trajet à faire en zig-zag pour arriver de l'autre côté. Arrivés au haut du versant de la ravine, opposé à celui par lequel nous étions descendus, nous trouvâmes une autre ravine un peu moins profonde, mais toute aussi dangereuse, les montagnes qui la forment étant taillées presque à pic et le chemin étant très incliné. Au fond de cette ravine nous nous arrêtâmes un quart d'heure dans une auberge où on voulut nous vendre une bouteille de vin quatre francs. Je trouvai à côté, sous des petites pierres, une petite coquille terrestre operculée, que je pris d'abord pour une hélicine, mais que je reconnus plus tard pour un cyclostème. Après être remontés dans cette deuxième ravine, du côté opposé à celui par lequel nous étions descendus, nous trouvâmes une route pavée de petits cailloux ; car dans les deux ravines nous n'avions pas eu cet inconvénient. Cette route descendait à pic jusqu'à la ville. Nous étions descendus de nos chevaux, voulant marcher un peu ; mais à peine eus-je fait quelques pas que je manquai de tomber sur ces pierres glissantes pour lesquelles il faut comme les chevaux être ferré à glace, la pente est si rapide qu'on ne peut descendre sans glisser. Je repris bien vite mon cheval qui, habitué à descendre ces routes, se comporta assez bien et m'amena sans encombre à la ville.

Les voitures ne sont pas connues à Madère. Dans ces routes il serait impossible aux chevaux de les traîner. On se sert de traineaux ou voitures qui au lieu d'avoir deux ou quatre roues ont deux quilles portant sur terre, relevées de l'avant et de l'arrière comme pour les patins et qui glissent admirablement bien sur les petits cailloux qui servent de pavé à Funchal. A la chapelle nous avons vu aussi des traineaux pour descendre ; ceux-ci ressemblent à des fauteuils à la Voltaire ; on s'assoit dedans et deux hommes le poussent par derrière ; il prend immédiatement de l'air, la pente étant très rapide, et en quelques minutes on a franchi une distance de plus d'une demi-lieue ; la rapidité avec laquelle on descend est effrayante, nous dit M. Leroux qui a fait cette course, mais les hommes qui conduisent derrière ont beaucoup d'habitude et conduisent admirablement bien ces espèces de chars de montagnes russes.

On se sert aussi de chaises à porteurs et de palanquins, soit au moyen d'un hamac suspendu à un bâton porté par deux hommes, soit au moyen d'une installation comme celle des palanquins de l'Inde. Le prix des voitures-traineaux est de un franc cinquante l'heure comme pour les chevaux.

MARDI 9 MAI 1854. — ... Hier j'ai remarqué que les femmes de la campagne étaient assez jolies, comparées aux femmes de la ville. La rade de Funchal, quoique foraine, est assez calme, la mer y est très belle ; mais le mouillage n'est pas bien bon, car on mouille par un grand fond qui diminue très rapidement. Le vin de Madère est très cher et il est de tout impossibilité d'en acheter, il coûte deux et trois francs la bouteille. Il y a plusieurs français qui habitent Funchal ; l'un deux M. Duval a eu l'obligeance de nous accompagner avant-hier et de nous montrer la ville. Plusieurs personnes parlent le français à Funchal, la langue portugaise est très dure à l'oreille et à Madère les habitants ont un accent très désagréable, ils chantent sur les dernières syllabes du dernier mot d'une phrase en élevant la voix.

A peine mouillés en rade, des marchands vinrent à bord ; ils apportaient divers objets qu'ils vendirent le double du prix qu'on les paie à terre ; ils avaient des cannes en caféier, est côtes de palmier, en citronnier, coûtant cinquante et soixante-quinze centimes à terre ; elles ne sont pas très jolies, ils les vendaient un franc et deux francs. Il y avait encore des bouquets et couronnes en plumes d'oiseaux, charmants ouvrages très bien faits, et qui sont confectionnés par des religieuses d'un couvent existant à Funchal sous le patronage de Sainte-Claire. Il faut marchander avec les religieuses : elles surfont ; ceux qu'on apportait à bord étaient de qualité inférieure, mais, on peut acheter ces objets au couvent, les bouquets coûtent cinq francs et six francs. Les marchands avaient encore des petits paniers en osier et en paille assez bon marché ; mais en France on trouve des objets semblables. Il y avait encore des schalls en laine au crochet, des mantilles au crochet en fil blanc, ces objets se paient quinze francs à terre ; des dessous de lampe au crochet en fil de soie de couleur ; des fruits, des boîtes en marqueterie (cinq francs) des chapeaux de paille, des damiers en marqueterie.

Le tabac coûte très cher à Funchal, et le tabac américain en feuilles que l'on trouve à Gorée est un excellent moyen d'échange ; pour une livre de ce tabac, on peut avoir des objets qu'on ne donnerait pas pour cinq ou dix francs d'argent.

On trouve à terre des petites statuettes coloriées représentant les costumes du pays; elles sont assez mal faites et coûtent trois ou quatre francs.

Funchal est défendu par plusieurs forts qui sont mal gardés, car le Portugal est trop pauvre pour pouvoir payer ses troupes et entretenir ses colonies ; et pourtant cette puissance, très orgueilleuse du reste, se croit encore la première du monde.

Après le déjeuner je descends à terre jusqu'à deux heures de l'après midi ; je rencontre M. Duval qui a l'obligeance de m'accompagner pendant toute ma promenade, ce jeune homme est de Napoléon-Vendée ; son père étant mort, il est venu avec sa mère et sa sœur rejoindre son oncle qui habite Madère. Nous avons été au couvent des religieuses de l'Incarnation pour acheter des fleurs en plumes ; ce couvent n'a rien de curieux. Il existe encore deux autres couvents à Funchal, l'un d'eux renferme des religieuses de l'ordre de Sainte-Claire. Ces couvents sont grillés, c'est par un tour qu'on reçoit les objets que l'on veut acheter. J'ai été visiter la forteresse qui est située sur un monticule dominant la ville, on y jouit d'une très belle vue ; elle renferme de vieilles pièces de canon en bronze et a une batterie, battant la rade, de vingt pièces environ dont six seulement montées sur affut.

On trouve à Funchal des peaux de mouton très belles dont le prix varie de un franc cinquante à trois francs. Ces peaux ont une laine soyeuse très longue. On trouve encore de jolis dessous de lampe en pitre à cinq francs la douzaine et d'autres au crochet ou en dentelle à deux francs cinquante la douzaine.

Je me suis procuré par des gamins quelques coquilles terrestres assez bonnes ; des hélices plissées, une troucatille, quelques patelles.

9 MAI 1854. — ... A cinq heures quinze du soir, nous appareillons à la vapeur pour Lisbonne.

DIMANCHE 14 MAI 1854. — ... Dans la matinée, horizon très embrumé. A huit heures, le point estimé nous mettait sur le cap Roca... A dix heures, nous apercevons les terres de l'entrée du Tage. Quelques instants après, nous passons dans une flottille de barques de pêcheurs très curieuses : l'une d'elles nous donne un pilote. Ces barques ont une coque construite comme devait être le bateau qui transporta Ulysse.

JEUDI 18 MAI 1854. — Nous quittons Lisbonne, Lisbonne dont j'emporte de bien doux souvenirs, car je m'y suis bien amusé(1).

(1) Lisbonne est aujourd'hui à la portée de tout le monde. La description pittoresque, qu'en fait le curieux marin, nous aurait néanmoins tenté, à cause du changement probable de physionomie de cette ville depuis 1854, si ce journal de bord ne tirait toute son importance des faits capitaux auxquels il correspond. A l'expédition de Gorée, se joignent celles de Baltique et de Crimée, par lesquelles le journal d'Emile Eudel se rattache à l'histoire des premières années du second Empire.

DIMANCHE 21 MAI 1854. — Entre le cap Finistère et le cap Tóriara, se trouve une grande tache blanchâtre, couleur de sable et très reconnaissable. Le cap Villano est aussi blanchâtre, comme couvert de guano, et les roches, qui se trouvent à côté, ont des formes toutes particulières qui les font facilement reconnaître.

... Depuis notre départ de Lisbonne, nous avons rencontré une grande quantité de navires de toute dimension, à voiles où à vapeur, et courant les uns au sud, les autres louvoyant. Il faut donc apporter une grande attention au bossoir la nuit dans ces parages de la côte de Portugal, car toutes les nuits, nous avons toujours passé très près de navires que nous aurions abordés si une grande surveillance n'avait été exercée.

MARDI 23 MAI 1854. — ... En passant devant Larmor (village qui se trouve à gauche en entrant (1), nous avons tiré trois coups de canon. C'est un vieil usage de saluer l'église de ce village. Une légende prétend qu'un navire ayant omis ce salut à son départ, se perdit en mer et ne revint plus.

LETTRE A PAUL EUDEL, PÈRE

« Lorient, jeudi 25 mai 1854.

« Je viens d'assister à une messe dite à la cathédrale de Lorient, par notre aumô-
« nier pour remercier le ciel de nous avoir protégés pendant notre long séjour à la côte
« d'Afrique. Notre aumônier a prêché, et dans son discours très bien dit, il a repassé
« notre séjour à Gorée. Il a parlé des hommes que les fièvres ou les balles ennemies
« avaient emportés et a terminé par un touchant adieu à l'équipage dont il avait été si
« longtemps le pasteur.

« L'église était pleine, tout l'équipage de l'*Eldorado* en grande tenue, commandant,
« officiers, élèves, tout le bord y était, et le reste de l'église était occupé par les familles
« des marins du bord. Quelques-unes retrouvaient leur époux, fils ou frère impatiem-
« ment attendus depuis si longtemps, et ils remerciaient le Dieu qui les avait protégés.
« D'autres pleuraient, car bien des places étaient vides dans les rangs de l'équipage
« qui avait quitté Lorient plein de vie et de santé et qui revenait au port, fatigué par la
« fièvre, affaibli par les dyssenteries, amaigri par les coliques sèches et jauni par les
« hépatites ou décimé par les balles ennemies. Voilà pourtant le résultat de deux ans
« de station à la côte d'Afrique ! Vrai, si tu voyais les figures de nos matelots, tu les
« prendrais tous pour des malades sortant de l'hôpital. »

(1) L'*Eldorado* mouillait alors en rade de Port-Louis, à proximité de Belle-Isle et faisant route pour Lorient.

II

LA MER BALTIQUE

(1854)

Jeudi 6 juillet 1854. — ... Je suis embarqué comme deuxième maître de timonerie de première classe sur le *Saint-Lonis* de quatre-vingt-dix canons, commandé par M. Jannin, capitaine de vaissseau... L'armement du *Saint-Louis* est activé par tous les moyens possibles. Nous devons aller porter dans la Baltique des troupes, des bagages et des munitions que nous devons prendre à Calais. — Les troupes sont au camp de Saint-Omer. —

9 juillet. — ... Nous embarquons et amarrons en dehors, le long du bord, entre les portes haubans de misaine et de grand mât, deux chalands destinés à débarquer de l'artillerie en Russie...

Jeudi 13 juillet 1854. — ... La frégate l'*Asmodée* vient nous donner ses remorques, et à sept heures du matin, nous larguons le corps mort et faisons route à la remorque de l'*Asmodée* pour sortir du goulet...

Samedi 15 juillet 1854 (en rade de Calais). — ... Nous trouvons au mouillage une escadrille anglaise qui est venue prendre, comme nous, des troupes françaises pour les conduire dans la Baltique... Il y a beaucoup de mouvement sur la rade de Calais : dix ou douze petits vapeurs anglais et français sont continuellement en marche, portant des troupes à l'un et du matériel à l'autre. La bonne entente semble régner entre les Anglais et les Français. Tous les navires des deux nations portent le pavillon de l'autre...

Dimanche 16 juillet 1854. — ... A sept heures du matin, la division anglaise appareille. Dans la journée, plusieurs grands tranports anglais viennent au mouillage.

7

Le soir, à la marée, un vapeur anglais nous apporte des objets d'artillerie que nous embarquons et plaçons dans la batterie basse. Un chasse-marée nous apporte des bombes, des obus et des boulets. Nous recevons un pilote anglais, pratique de la Baltique.

JEUDI 20 JUILLET 1854. — ... A quatre heures, nous passons près du steamer *Emérald isle de Hull* qui nous salue de triples hourras. Décidément les Anglais adorent les Français depuis la guerre de Russie...

VENDREDI 21 JUILLET. — ... La chaleur augmente à mesure que nous nous élevons en latitude, chose extraordinaire, car elle devrait au contraire diminuer... Dans la matinée, aperçu la corvette à vapeur, la *Reine Hortense*... Elle marche bien mieux que nous, et à midi trente, elle est par notre travers. Nous saluons de onze coups de canon le général de division, Baraguey d'Hilliers, général en chef de l'armée de la Baltique, qui se trouve embarqué sur ce navire...

MERCREDI 26 JUILLET. — ... L'île Langeland est d'un assez joli aspect ; de distance en distance on découvre des maisons, des moulins à vent, des bois, des champs cultivés et tout cela d'une magnifique verdure...

A deux heures trente de l'après-midi, le fond saute tout-à-coup... Nous échouons, l'*Asmodée* calant moins que nous casse nos remorques et continue sa route ... Nous sommes sur le banc de Stoller Grund et nous trouvons un fond de sable, gros gravier et cailloux... Nous sommes bien échoués... Nous signalons à l'*Asmodée* de s'approcher de nous ; elle vient et surveille derrière nous ses deux ancres de bossoir... Des pilotes viennent de terre à bord. La mer marne ici très peu : il n'y a pour ainsi dire pas de marée, et la mer monte avec les vents d'Ouest et d'escend avec les vents d'Est... Nous apercevons plusieurs navires de guerre français en rade de Kiel...

JEUDI 27 JUILLET. — ... A deux heures trente du matin, l'*Asmodée* réussit à nous déhaler, mais dix minutes après, les courants nous rejettent sur un autre endroit et nous échouons de nouveau. Cette fois-ci nous talonnons beaucoup, et les mouvements sont brusques, parce que le fond est inégal, et puis la mer est légèrement houleuse. Nous avions largué les grelins, nous sommes obligés de les renvoyer à l'*Asmodée* qui force encore avec sa machine et qui à cinq heures trente du matin, nous déséchoue encore... A six heures trente, nous reprenons nos remorques de l'*Asmodée* par l'avant et nous appareillons pour Kiel...

Kiel est bâtie au fond d'une baie assez profonde (dix à onze milles) ; nous sommes mouillés environ à deux milles de Kiel, l'*Asmodée* a été mouiller vis-à-vis la ville que nous n'apercevons pas d'où nous sommes. Cette baie ou plutôt ce goulet de Kiel est un charmant endroit, d'une végétation magnifique et d'un aspect assez pittoresque. Sur la côte existent plusieurs établissements de bains et de magnifiques promenades ombragées par des arbres de toute venue ; puis des salles de danse, de concert, etc. Car ici comme en Allemagne on est fort amateur de musique. Nous recevons de nombreuses visites, beaucoup de personnes parlent français. Des marchands viennent à bord et on peut pour quarante centimes se procurer un paquet d'excellent tabac de Virginie. On trouve aussi de bons cigares havane, des tricots de laine très bons pour quatre francs. La monnaie française passe très bien. Un chemin de fer conduit de Kiel à Hambourg. Que ne puis-je descendre à terre !...

VENDREDI 28 JUILLET. — ... On nous presse beaucoup. On nous dit que l'escadre de la Baltique est partie pour les îles d'Aland qu'elle doit attaquer...

SAMEDI 29 JUILLET. — ... Dans la journée, il est venu le long du bord plusieurs embarcations, armées par des dames qui nous faisaient comme à Calais mille signes d'amitié. Les dames de Kiel (celles que j'ai vues) sont assez jolies et la plupart portent un chapeau de bergère, plat, en paille jaune et posé très coquettement sur la tête. J'ai entendu dire par des élèves qui ont été à terre, qu'on y danse beaucoup ; mais sur tous les airs, on ne danse que la valse. Il y a un tivoli très fréquenté.

DIMANCHE 30 JUILLET. — ... Nous faisons route pour la Baltique... A une heure (de l'après-midi), nous donnons dans le canal entre l'île Femeren et l'île Zaaland. Ces deux terres sont basses et il n'y a de points de reconnaissance que les églises et les phares qui sont assez visibles. Nous avons toujours un très fort mirage (qui du reste a toujours existé depuis que nous sommes à Kiel). Il fait un calme plat et une assez forte chaleur.

MARDI 1er AOUT. — ... L'îlot de Est-Holmar, qui se trouve dans le N. E. de Bornholm, est plat ; il s'y trouve un phare, un moulin à vent et quelques maisons. En passant près de Bornholm à sept heures, on apercevait la terre de Suède (Kanie)... Cette terre paraît être aussi haute que Bornholm.

La carte française de 1815 erronne pour le banc de cinq brasses et demie, qu'elle place au nord de Bornholm près de la pointe ; nous avons passé droit dessus, et les nouvelles cartes danoises ne donnent pas ce banc là...

SAMEDI 5 AOUT. — ... Nous longeons toujours une grande ligne de roches... Ces roches sont peu élevées et très dangereuses, car elles sont nombreuses à l'infini. Les deux phares de Soder-am et de Lagskar, quoique pas élevés, s'aperçoivent bien ; près du premier, il y a quelques cases rouges.

A sept heures trente-cinq, le phare de Solder-am nous reste à l'ouest du monde. Le commandant fait former l'escadre sur une ligne de file ; à huit heures cinq nous apercevons les escadres mouillées à Ledsund. Nous continuons à gouverner pour prendre notre mouillage, nous laissons Lagskar et ses récifs ainsi que plusieurs autres roches. Nous saluons les amiraux anglais et français, chacun de dix-sept coups de canon. Le premier en rend dix-sept et le second cinq. A onze heures nous mouillons au milieu de l'escadre au poste signalé par l'amiral par douze brasses, fond de sable fin. La baie ou plutôt la petite mer de Ledsund où nous sommes mouillés est assez bien abritée et très bien fermée ; c'est la baie de Ledsund au S. O. dans les îles Aland. De tous côtés on est entouré de petites îles peu élevées, de formation volcanique et couvertes de quelques sapins rabougris...

... Nous trouvons en rade sept vaisseaux français à deux ponts, sept frégates françaises, dix bateaux à vapeur français, huit vaisseaux anglais à trois ponts, cinq frégates à vapeur anglaises, quatre transports anglais, deux transports français et un brick de commerce prussien. Les vaisseaux français sont l'*Inflexible*, monté par le vice-amiral Parseval Deschènes, le *Duguesclin*, monté par le contre-amiral Penaud ; l'*Hercule*, le *Breslau*, commandé par M. Bosse, capitaine de vaisseau ; le *Jemmapes*, et le *Tilsitt*.

Le chef d'état-major du vice-amiral est M. Clavau, capitaine de vaisseau ; et le deuxième chef d'état-major est M. de Arville, capitaine de frégate. L'amiral anglais est l'amiral Napier. On n'attendait plus que nous pour faire une expédition dans les îles. On doit opérer un débarquement sur la partie est de l'île Aland pour s'emparer du fort de Bomarsand qui s'y trouve. Le général Baraguey avait besoin de nos troupes. On nous envoie immédiatement cinquante ouvriers calfats pour calfater les chalands que nous apportons ; on nous embarque une masse de colis appartenant au génie, à l'artillerie, aux subsistances et à l'administration militaire. Nous nous mettons immédiatement à hisser à bord tous ces colis. Il paraît que les Russes brûlent tout ce qu'ils possèdent dans les îles, afin que nous ne puissions nous en emparer. Nous travaillons jusqu'à dix heures du soir...

DIMANCHE 6 AOUT 1854. — ... Nous traversons les escadres françaises et anglaises, les vaisseaux de cette dernière font monter leur musique sur la dunette et chacun d'eux nous joue l'air : *Partant pour la Syrie*, au moment ou nous passons près de lui...

... Nous passons par des canaux très étroits entre de nombreux petits îlots tous de formation volcanique et couverts de pins rabougris. Ces îlots sont très peu élevés, ce ne sont guère que des rochers sur lesquels nous voyons par ci par là quelques mauvaises cahutes de pêcheurs en bois ou quelques cases de colon peinte en rouge. Nous voyons aussi deux ou trois petits villages...

... Après avoir longé tous les îlots de la partie est de Lemme-land, nous entrons dans une petite mer appelée Lumpar-fjerd, espèce de lac formé par des îles, ouvert de tous côtés par de nombreux canaux. Nous mouillons à deux heures quinze au S. E. de la grande île Aland, qui est coupée par de nombreux canaux, formant plusieurs îles. Nous voyons sur cette île le fort de Bomarsund que nous devons attaquer, et nous trouvons en rade, le surveillant : le *Duperré*, commandant Penaud, capitaine de vaisseau, le *Trident*, le *Tage*, cinq vaisseaux, une frégate, une goëlette et trois bateaux à vapeur anglais, un brick marchand français et deux transports anglais...

... Nous sommes en vue de plusieurs forts ; 1° il y a près de la mer une grande forteresse carrée ayant les angles arrondis, à deux étages, puis, sur deux monticules, il y a deux grosses tours à trois étages ; en plus les Russes ont construit au bord de l'eau dans l'ouest une batterie rasante à cinq embrasures.

Dans la journée, trois Russes viennent au bord de l'eau sur l'île près de laquelle

nous sommes mouillés, agiter un drapeau blanc. L'amiral anglais les envoie immédiatement chercher ; ce sont probablement des condamnés qui se sont échappés, car il y en
avait beaucoup dans la forteresse.

Nous distinguons dans le N. O. le clocher de Castel-holm...

LUNDI 7 AOUT. — ... A six heures trente du matin, les canots partis hier au soir à
neuf heures pour faire une excursion, reviennent par le sud ; l'un d'eux qui passe par
l'est est salué par la batterie rasante des Russes, et par une autre qui est cachée, de
deux coups de canon. Nous voyons les ricochets des boulets, mais la trop grande distance empêchant le pointage d'être juste, personne n'est atteint. Nous sommes mouillés
à 3950 mètres du grand fort.

Les canots ont été dans divers canaux et n'ont rien vu. Ils ont débarqué sur une
île où ils se sont emparés de bestiaux qui s'y trouvaient...

De midi à huit heures du soir, arrivée de la *Reine Hortense* portant le général en
chef Baraguay d'Hilliers ; une frégate à hélice anglaise, cinq frégates à vapeur anglaises
dont une, porte l'amiral anglais Napier ; le *Darien*, une corvette à vapeur Mecklem-
bourgeoise, le *Daim* remorquant huit chaloupes et grands canots des vaisseaux de
l'escadre et nous saluent et sont salués par tous les navires, de hourras et de *Vive
l'Empereur ;* les musiques jouent le *God save, The Queen* et l'air : *Partant pour la Syrie.*

... Cette nuit, à deux heures du matin, nous devons débarquer dix mille hommes
de troupes et le *Trident* doit commencer l'attaque sur un des forts. Dans l'après-midi
j'ai été voir l'amiral Parseval-Deschesnes, qui m'a parfaitement accueilli, grâce aux
recommandations des Parscave de Frileuse.

MARDI 8 AOUT. — ... A une heure trente du matin, les Russes du grand fort tirent
trois coups de canon dont les boulets n'arrivent pas jusqu'à nous... Le débarquement
n'est terminé qu'à midi. On a déposé environ dix mille hommes à terre. Pendant ce
temps, les deux vaisseaux : le contre-amiral anglais et le *Duperré* ont été s'embosser
plus ouest, et ils tirent de temps en temps quelques coups de canon par pure précaution, car on n'aperçoit pas l'ennemi. Le *Phlégéton* accompagné d'une frégate anglaise
revient vers l'est en longeant la côte pour l'observer. Arrivés à portée de la batterie en
terre rasante de l'ouest, ils s'embossent et à quatre heures commencent le feu sur elle.
A quatre heures trente, l'aviso à vapeur monté par l'amiral Napier appareille et va à la
plage de débarquement. A quatre heures quarante-cinq, le *Phlégéton* et la frégate
anglaise cessent leur feu et envoient deux embarcations enclouer les pièces de la
batterie qui est abandonnée par les Russes. A six heures quinze, nos troupes apparaissent sur une hauteur à mi-chemin de la plage de débarquement aux forts russes.
Une frégate anglaise vient s'embosser par leur travers et canonne la tour de l'ouest,
qui lui répond de temps en temps. Le grand fort lance aussi quelques bombes. A sept
heures, le *Phlégéton* rentre en rade. Le vice-amiral anglais et une corvette à vapeur
anglaise vont se joindre à la frégate anglaise qui canonne le fort de l'ouest et tous les
trois continuent un feu assez lent ; ils cessent vers dix heures. Leurs boulets n'ont
probablement pas porté juste, parce qu'ils étaient trop loin. Le *Duperré* revient en rade.

A deux heures, un lieutenant d'artillerie revient de terre et nous apprenons par lui que les troupes doivent se rendre au quartier général qui est établi à Saint-Emiliani. Les Anglais protégés dans le nord de l'île par la portion de l'escadre que nous avions laissée à Lagskar ont débarqué leurs troupes du côté de l'île, opposé à celui où nous avons effectué le nôtre. Ils ont engagé une petite canonnade de ce côté où se trouve une troisième tour, la tour de Prestaw qui a été abandonnée par les Russes. On dit que les Russes sont au nombre de trois mille dans le fort. Le corps expéditionnaire français que nous avons débarqué, a pris terre beaucoup trop loin. Ils ont appris par les habitants du village de Tranvik qu'ils avaient plus de dix milles à faire à cause des détours de la route pour arriver aux forts ; et cela dans un pays de rochers où on rencontre continuellement des monolithes de plus de cinq pieds de hauteur et que l'on est obligé de franchir. Le génie s'occupe activement à tracer une route et à construire des débarcadères pour les chevaux.

Nous débarquons et envoyons à terre dans la journée quatre pièces de campagne et divers articles du génie et de l'artillerie ; bombes, caissons, pelles, voitures, etc. Toute la journée il a fait un temps magnifique presque calme... Le soir on aperçoit les feux du bivouac où nos troupes ont campé, et la grande fumée qui s'élève nous fait présumer qu'ils ont mis le feu aux sapins pour déblayer le terrain...

Mercredi 9 Aout. — ... Activé par tous les moyens possibles le débarquement du matériel d'artillerie du génie et de l'Administration militaire que nous avons à bord ; une embarcation emporte à terre les dernières troupes qui nous restaient. Dans l'après-midi et dans la soirée, les Russes brûlent les maisons et les magasins situés aux environs de leur grand fort.

Dans l'après-midi, un des vaisseaux nous signale qu'un engagement a eu lieu entre les embarcations anglaises et les Russes à terre, armés de fusils ; les Anglais, après un combat d'une heure et demie, sont revenus avec deux petits canots qu'ils ont pris. Cet engagement a eu lieu à la pointe du sud de l'Ile Presto, île qui se trouve au S. E. de l'île où sont bâtis les forts (Bomar Sund).

Dans l'après-midi, le Grand fort a tiré plusieurs coups de canon sur une embarcation française qui avait été sonder et sur des vapeurs qui traversaient les passes au sud de l'île Presto ; ces boulets n'ont pas porté. Le capitaine anglais Sullivan a exécuté beaucoup de sondes dans la baie et en a levé le plan. C'est un homme de beaucoup de mérite d'après ce que l'on m'a dit...

Jeudi 10 Aout 1854. — ... A onze heures trente du matin, la frégate anglaise *Pénélope* s'échoue dans la passe au sud de l'île Presto. Le Grand fort fait feu immédiatement sur elle à boulet, à obus et à bombe. Plusieurs de ses coups portent et blessent du monde à bord de la *Pénélope*. Les chaloupes du *Trident* et du *Dupe-ré* sont envoyées pour lui porter secours ; et cette dernière chaloupe reçoit en chemin un boulet qui lui coupe un homme en deux. Une frégate à vapeur anglaise appareille pour aller renflouer la *Pénélope*, l'ennemi fait toujours feu. A une heure trente, deux frégates à vapeur anglaises et le vaisseau du contre-amiral anglais s'embossent et engagent le feu avec la terre qui leur répond et qui canonne toujours la frégate échouée jusqu'à deux heures trente, heure à laquelle elle est déséchouée et revient en rade...

VENDREDI 11 AOUT. — ... De midi à deux heures le fort de l'Ouest tire sur le camp de nos troupes ; nous apprenons que cette nuit, elles doivent aller construire une batterie à six mètres de ce fort de l'Ouest afin de l'attaquer. A huit heures du soir, on distingue dans la direction, où l'on doit construire cette batterie, des feux que nous présumons être produits par un incendie dans les bois...

SAMEDI 12 AOUT 1854. — ... Nous apprenons que l'armée a construit sa batterie dans la nuit, mais un événement bien malheureux est venu attrister tout le monde ; deux corps de troupes françaises se sont rencontrés ; et se prenant l'un et l'autre pour des Russes, ils ont chargé et tiré sur leurs camarades. Ce n'est qu'au bout des baïonnettes qu'ils se sont reconnus ; ce combat a duré plus de deux minutes, on ne connaît pas le nombre des morts et des blessés ; mais on sait qu'il y a trente ou quarante amputations à faire...

DIMANCHE 13 AOUT 1854. — ... Un ordre a paru hier qui prescrit que tous les soirs il y aura des embarcations de ronde chargées d'empêcher la communication entre les îles et de surveiller surtout le canal entre les îles Prestaw et Mikelto.

A dix heures du matin, le petit vapeur de commerce suédois *Flink* arrive sur rade. Nous apprenons par lui que la Suède s'est mise de notre côté et qu'elle nous fournit soixante mille hommes; que l'ordre est donné de s'emparer de Sébastopol à tout prix et que nous devons ménager les forts ici. Ensuite que le choléra est dans l'armée de la mer Noire et qu'il y meurt par jour plus de cent cinquante hommes.

A dix heures trente du soir, un feu roulant de coups de canon, de mortiers, d'obusiers et de fusils part du Grand fort dans toutes les directions ; la tour de l'Est lance aussi quelques bombes et quelques boulets. Ce spectacle d'un combat de nuit est magnifique, on aperçoit très bien la trajectoire des boulets rouges et des bombes, nous ne savons ce qui occasionne cette canonnade qui dure jusqu'à minuit. Chaque bombe qui éclate, fait le même effet qu'un bouquet de feu d'artifice.

LUNDI 14 AOUT 1854. — ... A cinq heures du matin nous apercevons pendant trois minutes le pavillon français flotter sur le fort de l'Ouest, qui s'est rendu ; un bataillon de nos troupes stationne au pied de ce fort.

A dix heures nous recevons par une chaloupe de l'*Inflexible* des prisonniers russes de la garnison de la tour de l'Ouest, qui s'est rendue armes et bagages. Ces soldats ont l'air bien misérables, ils sont habillés d'une grande capote en laine grise grossière qui leur tombe jusqu'aux talons.

Nous avons embarqué trente-deux sous-officiers et soldats russes, plus deux officiers et un chirurgien, total trente-cinq. Un des officiers avait avec lui sa femme qui demande à l'amiral à suivre son mari ; mais cette autorisation lui fut refusée et on la renvoya à terre au quartier général.

On dit que les Russes étaient au nombre de deux cents dans la tour que l'on a prise et qu'au moment où on s'en est emparé, il n'en restait plus de vivants que soixante. Les blessés russes ont été transportés à bord du *Tilsitt*. Parmi eux se trouve le commandant du fort qui a été blessé au moment où on entrait dans le fort.

MARDI 15 AOUT 1854. — ... Dès le jour nous apercevons un incendie allumé dans le fort dont nous nous sommes emparés hier. Les troupes avaient trouvé deux milliers de poudre dans le fort et craignant qu'il n'y eût une mèche allumée quelque part, ils y avaient mis le feu ; il saute à dix heures du matin et les deux tiers sautent, il ne reste debout qu'une partie de la muraille du côté de l'ouest.

Dès le matin le grand fort et la tour de l'Est canonnent nos positions ; l'armée a établi une batterie sur l'ancienne batterie rasante russe et une autre à mi-côté dans le S. O. du fort ; puis il y en a encore plusieurs que nous ne pouvons apercevoir.

A huit heures du matin, l'amiral fait une salve de vingt-et-un coups de canon en l'honneur de la fête de l'empereur et tous les navires de guerre français pavoisent avec les pavillons français en tête de mât, hissant les pavillons anglais et français au grand mât. Les Anglais pavoisent aussi avec leurs pavillons de nation et le pavillon français seul au grand mât...

A onze heures, messe et *Te Deum*, à onze heures dix, plusieurs dames russes et un prêtre grec viennent à bord voir les officiers prisonniers...

A midi trente, l'*Asmodée*, le *Darien* et le *Phlégéton* vont s'embosser dans le S. O. du grand fort, et ces trois vapeurs ouvrent leur feu sur lui. On tire à boulets, à obus et à bombes.

A midi trente-cinq, une frégate à vapeur anglaise et, à onze heures, une corvette à vapeur anglaise s'embossent près des vaisseaux et ouvrent leur feu sur le fort...

Par instant, quand la fumée se dissipe un peu, nous apercevons le grand fort que nos boulets et que les boulets anglais démolissent. Un des officiers russes nous dit qu'il renferme deux mille hommes. A cinq heures, quand le feu cesse, nous pouvons facilement apercevoir tous les ravages que nous avons faits. Le grand fort est tout abîmé, une partie de la toiture est enlevée dans une masse d'endroits, presque toutes les embrasures du S. O. sont démolies. Pendant la canonnade dans les éclaircies, nous distinguions facilement à la longue-vue les effets des projectiles démolissant le fort. On voyait les pierres sauter en l'air, la toiture voler en lambeaux, la terre soulevée en nuages de poussière par des boulets pointés trop bas ou l'eau jaillissant en gerbes de trente pieds de haut, produites par le ricochet d'un boulet de trente.

MERCREDI 16 AOUT 1854. — ... Le feu continu toute la matinée entre nos batteries de terre et le grand fort... Les Russes répondent à peine. Ils dirigent tout leur feu sur nos batteries établies à terre. A midi vingt, un pavillon blanc flotte au bout d'un bâton à une des embrasures du grand fort. Le feu est immédiatement suspendu, les navires attaquant hissent le pavillon blanc et une corvette à vapeur anglaise tire un coup de canon à poudre du côté du large au signe d'aperçu. Une embarcation de l'amiral anglais et une de l'amiral français se rendent immédiatement à terre et accostent au pied du fort. Nous voyons aussi une escorte qui s'avance de nos batteries vers le fort. On sort du fort pour parlementer et peu après nous apercevons descendre de la montagne un bataillon d'infanterie qui vient se mettre en ligne devant le fort, au pas gymnastique. Le fort s'est rendu, il est à nous, nos troupes entrent dedans...

SAMEDI 19 AOUT 1854. — ... A terre on s'occupe activement à creuser des puits pour miner le grand fort et le faire sauter, mais on attend la réponse de Paris pour cela. Ce fort est percé a environ cent quatre-vingt-dix bouches à feu et il y en avait soixante-trois d'armées, plus une centaine sans affûts dans la cour. Le pillage y est sévèrement défendu ; mais malgré cela, on enlève du fort bien des objets, des armes russes, des casques, etc., on prétend que les officiers de Vincennes qui sont entrés les premiers dans le fort y ont trouvé des diamants d'un grand prix. Les Russes ont perdu plus de cinq cents hommes dans leur grand fort. Nous n'avons guère perdu que cinquante ou soixante hommes en tout, et nous avons environ cinq cents ou six cents blessés.

MARDI 22 AOUT 1854. — ... Depuis quelques jours, le choléra sévit avec une bien grande force sur l'armée et surtout sur les troupes campées à terre. Il meurt plus de dix hommes par jour et il en tombe un bien plus grand nombre de malades...

VENDREDI 25 AOUT 1854. — ... Le choléra règne toujours avec une très grande force à terre. On enterre continuellement du matin au soir. Les Anglais commencent à émigrer, quatre vapeurs anglais viennent prendre une partie de leurs troupes.

SAMEDI 26 AOUT 1854. — ... A six heures trente du matin nous appareillons, remorqués par le *Brandon ;* mais, en abattant, nous sommes forcés de larguer nos remorques et de mouiller pour éviter d'aborder l'*Inflexible*...

A huit heures du matin, l'amiral a signalé de pavoiser avec les pavillons de nation seulement hissés à tête de mât, les deux pavillons anglais et français flottant ensemble à la tête du grand mât. C'est en l'honneur du jour de la naissance du prince Albert, que les Anglais fêtent aujourd'hui...

LUNDI 28 AOUT 1854. — ... Le *Phlégéton*, portant le vice-amiral Parseval-Deschênes, et un vapeur anglais, portant le vice-amiral anglais, mouillent sur rade de Ledsund, venant du Sud. Les deux amiraux viennent de Hango.

Les Russes ont fait sauter les forts qui y sont construits, aussitôt que les deux amiraux sont arrivés ; ils pensaient probablement qu'on venait les attaquer. On dit que nous devons aller attaquer Revel...

8

SAMEDI 2 SEPTEMBRE 1854. — ... A sept heures du soir, nous apercevons une grande fumée qui s'élève tout d'un coup dans le nord ; c'est le grand fort de Bomar-Sund que l'on fait sauter. Nous voyons, dans sa direction, la clarté de l'incendie de ce fort pendant toute la nuit...

LUNDI 4 SEPTEMBRE 1854. — ... A huit heures du matin, le maréchal Baraguey d'Hilliers (il vient de recevoir sa nomination) va rendre une visite officielle aux amiraux français et anglais ; il est salué par les vaisseaux amiraux de dix-sept coups de canon et de quatre cris de *Vive l'Empereur !* poussés par les équipages de tous les navires sur rade, rangés debout sur les vergues. Les Anglais le saluent de la même manière.

A dix heures, le nommé L..., soldat de la 27e compagnie du 2e régiment d'infanterie de marine, est décédé du choléra à l'hôpital du bord.

A deux heures vingt, le *Darien* vient nous prendre à sa remorque et nous faisons route pour sortir de Ledsund et aller en France...

III

CRIMÉE [1]

(1854-1855)

Lundi 18 décembre 1854. —... A onze heures 30, nous entrons dans le détroit des Dardanelles. A l'entrée, sur la côte d'Europe, on voit un fort, ainsi que sur la côte d'Asie : ce sont les forts le Seddat Balie ou château d'Europe et la Koum Katch ou Château d'Asie. Les côtes d'Europe à l'entrée sont peu élevées et taillées à pic ; celles d'Asie sont plus hautes et descendent en pente douce jusqu'au bord de la mer... A midi 56, nous sommes au premier coude du détroit ; à cet endroit, sur chaque rive, il y a un village avec des fortifications. On les appelle Vieux-Château d'Asie ou d'Europe. Plus loin nous apercevons en Asie la ville de Teket où nous avons un Consul... puis un peu plus loin, le second coude du détroit qui forme le cap Nagara et la pointe Abydos en Asie où lord Byron a traversé les Dardanelles à la nage.

Nous arrivons enfin à l'extrémité du détroit à 3 h. 30.

Mardi, 19 décembre. —... Au jour, aperçu les terres de l'entrée du Bosphore... (2)

Mardi 9 janvier 1855. —... Nous entrons, après bien de la peine, et plusieurs abordages, dans le port après avoir passé deux ponts. Ce port s'appelle la Corne d'Or ; il est très vaste.

(1) Le 30 octobre 1854, le *Saint-Louis* sortait de Brest, faisant route pour la Mer Noire. Nous sommes forcés de passer sur bien des détails intéressants et pittoresque de la traversée ; mais, encore une fois, ne voulant extraire de cette *vie à bord* qu'un commentaire historique des opérations militaires auxquelles elle fut mêlée, nous allons droit au siège de Sébastopol.

(2) Ici la description trop connue aujourd'hui de Constantinople, dont l'aspect ne manque pas de produire sur notre voyageur une impression d'émerveillement. Nous rejoignons son journal aux seuls points qui doivent nous intéresser.

Le Jeudi 18 Janvier 1855. — ... Je suis débarqué du vaisseau le *Saint-Louis* (à compter du 16 janvier 1855), et embarqué sur le vaisseau de 1er rang, le *Friedland*, mouillé comme le *Saint-Louis* dans le port de la Corne d'Or de Constantinople.

Le mercredi 31. —... L'amiral Bruat, qui commande l'escadre de la Méditerranée. depuis le départ de l'amiral Hamelin, fait paraître une proclamation relative à des remerciements votés à l'armée et à la marine française par les Chambres d'Angleterre pour tout ce que nous avons fait en Crimée.

Le mardi 6 février 1895. —... Le général de brigade Larchey, commandant supérieur des troupes à Constantinople, vient à bord faire une visite officielle à notre commandant ; il est salué de onze coups de canon.

Le vendredi 9. —... Salué le Sultan qui passe en rade dans ses grandes caïques. (Le vendredi est le jour de fête des Turcs ; et presque tous les vendredis, le sultan se rend en caïque à la mosquée de Sainte-Sophie)...

Mercredi 4 avril. —... Embarqué 18.000 hommes de troupes égyptiennes.

Jeudi 5. —... A onze heures dix, appareillé à la remorque du *Descartes* et fait route pour Kamiesch. Le *Sané*, remorquant une frégate turque ; le *Cacique*, en remorquant une autre ; et le *Labrador*, remorquant un vaisseau égyptien, font aussi route un peu avant nous pour Kamiesch, tous portés de troupes. Nous transporterons en Crimée une division égyptienne de 9500 hommes.

Entré dans le Bosphore encaissé de collines, sur les flancs desquelles une grande quantité de villas, de palais, etc., sont bâtis. Chaque riche habitant de Constantinople a là sa maison d'été. Beicos est un petit village, situé à droite en montant, près duquel un kiosque impérial vient d'être bâti ; vis-à-vis et un peu plus nord, Térapia, village un peu plus important que Beicos, et où se trouve un dépôt de charbon.

De Constantinople à Térapia, un quai règne tout le long du Bosphore, et de jolies habitations sont bâties au bord de ce quai. Plus haut que Térapia, les palais sont plus rares ; mais on voit plusieurs châteaux forts, qui doivent remonter à une assez vieille date. En entrant dans la mer Noire, nous avons vu sur chacune des rives une tour à feu appelée Château d'Europe et Château d'Asie, selon la rive sur laquelle elle est bâtie.

Dimanche 8 avril. —... Les brumes règnent dans la Mer Noire presque continuellement pendant le mois d'Avril.... A sept heures, la brume se dissipant, aperçu la terre devant nous à petite distance ; nous sommes un peu plus nord que la Katcha. Devant nous est une table très facile à reconnaître, et à partir de laquelle la terre s'abaisse, en allant dans le Nord pour former les immenses plaines de l'Alma.

Cette table est à peu près vis-à-vis de l'Alma. En allant dans le Sud, la terre reste toujours élevée et on aperçoit la Katcha, rivière reconnaissable par une tache jaune triangulaire qui se voit de très loin.

Nous laissons porter peu à peu et élongeons la terre à environ 3 milles de distance. Nous passons devant Sébastopol. Dès le matin, nous entendions le canon gronder.

LE 10 AVRIL 1855. —... L'escadre anglaise appareille de la baie de Kasatch, voisine de celle de Kamiesch, et vient mouiller en grande garde entre Sébastopol et Kamiesch à environ 400 milles des forts. Le *Montebello* et le *Jean-Bart* sortent du port.

LE 11 AVRIL 1855. —... Nous entrons dans le port de Kamiesch pour en diriger le service, nous y restons jusqu'au 2 mai...

... Le fond est vaseux dans la baie de Kamiesch. L'avant-port peut contenir plusieurs vaisseaux, une vanne est établie pour en fermer l'entrée. La frégate mixte *Pomone*, est chargée de cette vanne qui s'ouvre au coup de canon de diane et se ferme au coup de canon de retraite. L'eau se fait à un aqueduc situé au fond du port et construit par la marine française. Pendant tout notre séjour dans le port, la canonnade a toujours continué. Le véritable feu a été ouvert dans les premiers jours d'avril (le lendemain de notre arrivée), mais il n'a pas duré ; de temps en temps de vives fusillades se sont fait entendre : c'étaient des engagements dans les tranchées ou des positions qu'on cherchait à enlever.

LE 2 MAI 1855. —... Nous sortons du port de Kamiesch et allons mouiller en grande garde, entre les forts de Sébastopol et Kamiesch, parmi l'escadre anglaise.

LE 3. —... L'escadre française et l'escadre anglaise chargées de troupes (2000 hommes de troupes françaises) appareillent vers quatre heures du soir et font plusieurs fausses routes jusqu'à la nuit. Nous présumons qu'elles vont opérer un débarquement à Caffa ou à Kertch. L'escadre française se compose du *Montebello*, *Jean-Bart*, *Pomone*, *Cacique*, *Caffarelli*, *San^t*, *Descartes*, *Bertholet*, *Phlégéton* et *Mégère*. L'escadre anglaise se compose de cinq vaisseaux et de plusieurs frégates à vapeur.

Nous ne restons ici que deux vaisseaux français le *Friedland* et le *Charlemagne* et deux vaisseaux anglais ; l'escadre russe à beau jeu si elle veut nous attaquer.

LE 5 MAI 1855. —... Les escadres reviennent avec leurs troupes, l'expédition a échoué et c'est bien à Caffa qu'on voulait la faire. On dit qu'un malentendu entre Canrobert et Bruat est cause de la non exécution du projet.

De notre mouillage, nous voyons assez bien l'attaque de Sébastopol et les points principaux.

LE 22 MAI 1855. —. . Dans la nuit au matin, le *Vautour*, aviso à vapeur qui est dans la baie de Streleska depuis le commencement des affaires de Crimée en sort et est remplacé par le *Labrador*, frégate à vapeur. On ne peut entrer dans cette baie que la nuit et avec beaucoup de précaution, car elle est à portée des forts de Sébastopol qui peuvent canonner les navires qui y entrent. Dans la soirée, les escadres françaises et anglaises appareillent, emportant un corps expéditionnaire de 32 à 35 mille hommes pour la partie Est de la Crimée.

Le 23 mai 1855. — ... A 6 heures du soir, le général en chef Pélissier, général du génie (Canrobert qui était général en chef a passé le commandement en chef de l'armée à Pélissier, le jugeant plus apte que lui à diriger l'armée et il ne commande plus actuellement que le 1er corps de siège), Pélissier, dis-je, fait dire au commandant qu'une attaque doit avoir lieu à la gauche dans la soirée. A huit heures et demie, un terrible engagement commence sur la gauche, près du bord de la mer, canonnade et fusillade si fortes que le lieu du combat semble incendié, et cela dure toute la nuit. A deux heures du matin un officier de troupe vient à bord dire que les russes allaient sortir du port. On fait aussitôt le branlebas de combat et nous restons couchés aux postes de combat jusqu'au jour.

Le 24 mai 1855. — ... Nous apprenons ce qui s'est passé hier par plusieurs dépêches et plusieurs officiers expédiés au commandant qui remplace l'amiral depuis qu'il est parti : Voici le résumé des diverses versions que j'ai entendues. Le général Pélissier avait expédié sur la gauche une colonne d'attaque pour qu'elle s'emparât de diverses positions en avant du cimetière, où on voulait établir une cinquième parallèle entre le cimetière et le bastion central. Cette colonne se composait de soldats de la garde impériale et du 42e de ligne (je crois environ 15.000 hommes). Rendus sur le terrain, nos troupes furent très étonnées de se trouver nez à nez avec des Russes qui de leur côté faisaient une sortie estimée à 20.000 hommes environ. Un combat acharné s'engagea terrible, comme tous les combats de nuit ; on se battit beaucoup à la baïonnette, et les Russes nous forcèrent à reculer un moment.

Ce soir, la canonnade et la fusillade recommencent et durent une partie de la nuit. Dans la journée, les Russes ont demandé à ramasser les morts et les blessés (pavillon blanc sur rouge) : on le leur a accordé.

Le 25 mai 1855. — ... Canonnade sur la gauche, mais moins vive, dirigée surtout contre le fort Génois et la 5e parallèle.

Le dimanche 27 mai 1855. — ... Le commandant reçoit de l'amiral Bruat une dépêche annonçant que l'expédition a très bien réussi. A une heure nous pavoisons et faisons tirer, ainsi que les vaisseaux anglais, une salve de 21 coups de canon, en l'honneur du succès de nos armes. Cette dépêche est ainsi conçue :

» Vaisseau le *Montebello* 25 mai 1855.

» Mon cher Commandant,

» Notre expédition a complètement réussi, les troupes ont été mises à terre dans la journée d'hier sans difficultés ; les Russes ont évacué les batteries qui se trouvent entre le point de débarquement et Jénikaleh, après y avoir fait sauter la plus grande partie de leurs magasins. L'armée s'est emparé de Kertch ce matin entre 5 et 6 heures et a aussitôt après marché sur Jénikaleh qu'elle a fait évacuer de la même manière et sans coup férir. La veille au soir, une canonnière anglaise, que j'avais fait soutenir par le *Fulton*, avait engagé une canonnade avec une batterie de Jénikaleh, un bâtiment à vapeur et une goëlette canonnière ennemis. De nouveaux renforts ayant été envoyés aux deux bâtiments engagés, les Russes se sont décidés à se retirer en faisant sauter les magasins de poudre du fort Génois.

» Je n'estime pas à plus de 2 à 3000 hommes les forces que l'ennemi avait pu réunir dans les environs de Kertch et à Jénikaleh.

» Trois bâtiments à vapeur Russes se sont incendiés à Kertch, ainsi qu'un grand nombre de bâtiments de transport ou de commerce ; nous en avons pris une trentaine. En se retirant, l'ennemi a brûlé des magasins contenant 160.000 sacs d'avoine, 360.000 de blé et 100.000 de farine. Nous sommes entrés dans la mer d'Azof et de là nous avons vu les bâtiments réfugiés sur les côtes d'Asie successivement incendiés. L'amiral Lyons et moi, faisons partir ce soir quatorze navires à vapeur pour Berdiansk et Arabat.

» Nous nous occupons à détruire les fortifications et les batteries de côte dans lesquelles nous avons trouvé de 60 à 80 pièces de canon et une assez grande quantité de poudre et d'obus que les Russes n'avaient pas eu le temps de faire sauter. La population de Kertch est restée dans la ville ; mais Jénikaleh était complètement évacué. L'armée n'a ni malades, ni blessés.

» Recevez, mon cher commandant, l'assurance de mes sentiments distingués.

» Signé : BRUAT. »

28 MAI 1855 — ... Le 24, à trois heures du matin, Canrobert est parti pour la Tchernaïa avec deux divisions d'infanterie, 8.000 hommes de cavalerie et 15.000 Sardes, total en tout : 40,000 hommes pour garder le passage des convois de Séniphéropol, en attendant la coopération des troupes de Kertch. Hier nous avons appris que Canrobert avait passé la Tchernaïa en s'emparant de quelques canons qui s'y trouvaient.

6 JUIN 1855 — ... A trois heures l'après-midi, une canonnade très vive s'engage à la droite, puis s'étendant peu à peu, elle finit par envelopper tout Sébastopol d'un immense nuage de fumée. Toutes les batteries russes, anglaises et françaises font feu.

7 JUIN 1855 — ... La canonnade a continué toute la nuit et dure encore aujourd'hui toute la journée. Le soir, elle cesse à la gauche, mais la droite tire toujours. A cinq heures du soir les vaisseaux russes et les frégates à vapeur embossés dans le port ouvrent un feu roulant que nous supposons dirigé sur le Mamelon Vert dont nous nous serions emparés.

8 JUIN — ... La canonnade a continué toute la nuit à la droite, les vaisseaux ont cessé de tirer ce matin. A 10 heures, un pli est apporté du camp au commandant : il est daté d'hier au soir et nous annonce que hier au soir nous nous sommes emparés des *Ouvrages blancs* et du *Mamelon Vert*, qui sont restés en notre possession, après avoir été pris et repris trois ou quatre fois. Un post-scriptum daté de ce matin ajoute que la lutte est vive, mais que ces deux points sont toujours en notre possession.

Dans la journée, le *Bayard* mouillé dans le port nous *télégraphe* (1) : « Le général en chef avise qu'il enverra à Kamiesch aujourd'hui ou demain au plus tard 12 officiers et 300 soldats russes pour être expédiés à Constantinople. »

A deux heures après-midi : « Le général en chef prévient que les ambulances regorgent de malades et de blessés ; il demande à en évacuer immédiatement sur Constantinople. »

A trois heures, le *Jean-Bart, télégraphe :* « Avoir pris sur le Mamelon Vert 30 canons et obusiers, nous tirons avec ces canons sur les Russes, les ouvrages du Mamelon Vert ayant été retournés vers eux ; on a fait beaucoup de prisonniers. »

La canonnade dure toute la journée à la droite.

9 JUIN 1855 — ... Cette nuit la canonnade dure toujours et aujourd'hui encore. A deux du matin (j'étais de quart) un courrier du général en chef apporte un pli au commandant. Ce pli en contient plusieurs pour le général en chef à Sébastopol. Au jour nous parlementons pour les remettre. Le courrier du général en chef m'apprend qu'au moment de son départ la lutte était toujours très vive et nous étions toujours en possession des Ouvrages blancs et du Mamelon Vert ; un ravin, m'a-t-il dit, est comblé de cadavres russes. Il y en a plus de 4000.

Le courrier de Kertch a apporté, il y a plusieurs jours, la lettre suivante au commandant.

Montebello, 29 mai 1855.

« Mon cher Commandant,

« Je m'empresse de vous informer que l'expédition que j'avais dirigée le 26 de ce mois dans la mer d'Azof de concert avec l'amiral Lyons, a complètement réussi ; cette mer est aujourd'hui entièrement libre et le pavillon russe en a entièrement disparu.

« Notre escadrille composée avec 10 vapeurs anglais, du *Lucifer*, de *la Mégère*, du *Fulton* et du *Brandon* s'est d'abord portée sur Berdiansk, où s'étaient réfugiés 4 vapeurs Russes que l'ennemi avait lui-même coulés la veille de l'arrivée de nos bâtiments. Sur ce point nous avons détruit tous les navires de commerce qui s'y trouvaient, ainsi que les bâtiments de la Douane et des magasins du gouvernement russe pouvant contenir de 130 à 140 mille swarts de blé. Les propriétés particulières ont été respectées.

« De Berdiansk, l'expédition s'est dirigée sur Arabat dans le but de capturer les navires ennemis qui pouvaient s'y trouver, elle n'en a point rencontré de ce côté. En opérant sa reconnaissance de la côte, l'escadrille a fait feu sur deux redoutes importantes qu'elle a fortement endommagées et a fait sauter un magasin à poudre. Dans cet engagement *la Mégère* a eu un homme blessé et *le Lucifer* a éprouvé quelques avaries dans sa coque.

« Nos bâtiments à vapeur sont revenus ce matin. Dans cette campagne de 3 jours, l'ennemi a perdu en totalité 107 bâtiments dont quatre à vapeur.

« Agréez, etc.

« Signé : BRUAT. »

(1) Nous maintenons à dessin cette orthographe, qui ne saurait être une faute de français sous la plume d'un marin lettré, comme Emile Eudel. On disait *télégrapher*, comme on dit *télégraphe*

Aujourd'hui, 9 juin. le courrier de Kertch apporte au commandant une autre lettre de l'amiral Bruat, je ne puis me la procurer, mais elle dit en somme que Tangaroh et Mariopol ont été pris. L'une de ces villes a été bombardée par suite du refus du gouverneur de se rendre.

A midi 30, le pavillon parlementaire monte sur les positions de la gauche ; on le voit flotter sur les Ouvrages blancs, Malakoff, le Plateau vert. Toute l'après-midi, on s'avance hors des positions pour ramasser les morts et les blessés ; à 5 heures 30, les pavillons sont amenés et le feu recommence avec une violence que rien n'égale.

Les vaisseaux russes maltraités par les nouvelles positions dont nous nous sommes emparés sortent de la baie du port du sud, et viennent mouiller dans la baie de Sébastopol, près des deux vaiseaux embossés depuis que nous sommes ici. Il en reste un seul dans le port du sud et nous en voyons un entrer dans la baie de l'artillerie. Embossés au milieu, il y en a cinq dont un trois-ponts, plus deux frégates et sept à huit vapeurs.

Dimanche 10 Juin 1855. — ... Le feu a duré toute la nuit ; seulement la nuit, on change de projectiles et une pluie de bombes et d'obus remplace les boulets qui sont lancés dans le jour. Dans la matinée vers 10 heures, la brume se dissipant, la canonnade a repris très vive toujours aux attaques de gauche.

Le soir on lance des bombes comme toutes les nuits ; une d'elles allume un incendie derrière le théâtre de Sébastopol. Cet incendie s'éteint vers onze heures.

De 10 heures 40 à 11 heures, fusillade excessivement vive dans la direction de Malakoff et du Plateau vert. Nous pensons que ce sont les Russes qui attaquent le Plateau vert.

Lundi 11 Juin 1855. — ... La canonnade a pour ainsi dire cessé, elle ne reprend que par instants ; nous apprenons aujourd'hui que la fusillade d'hier était bien occasionnée par une attaque des Russes qui attaquaient en force supérieure. Nous en étions prévenus. On les a attendus jusqu'à 10 pas, et là on a fait sur eux un feu de plusieurs rangs disposé à l'avance ce qui leur a tué un nombre incalculable d'hommes. Ils se sont retirés en désordre.

Nous apprenons par le courrier de Kertch que nous avons pris Anapa que les Russes ont abandonné, en faisant sauter leurs pièces.

Mercredi 13 et Jeudi 14. — ... Les escadres françaises et anglaises reviennent de Kertch.

Samedi 16 Juin 1855. — ... La canonnade a complétement cessé ; ce n'est plus qu'à rares intervalles que le canon se fait entendre. A la gauche, deux ou trois fois par jour, le fort Génois lance une bombe ; immédiatement le fort Constantin, le fort de la Quarantaine et d'autres batteries Russes lui tirent dessus. Contre un boulet que nous lançons, les Russes en envoient dix.

Cette nuit, le dernier des vaisseaux Russes qui se trouvait dans la baie du port du Sud en est sorti. Toutes leurs forces navales sont maintenant au milieu de la baie ; elles se composent de 6 vaisseaux dont deux trois-ponts, deux frégates, et d'une douzaine de frégates à vapeur. Tous ces navires sont blindés, dit-on, c'est-à-dire qu'ils ont sur leur pont trois ou quatre rangs de sacs à terre que les bombes ne peuvent traverser.

Dans la soirée, vers 9 heures, plusieurs frégates à vapeur anglaises et françaises, ainsi que des bombardes et des canonnières, passent à tour de rôle devant les forts de Sébastopol en tirant dessus à obus vers 10 heures 1/2. Les forts russes répondent à ce feu.

Dimanche 17 Juin 1855. — ... La canonnade des vapeurs cesse vers 3 heures du matin et ils vont reprendre leur mouillage. A 4 heures 30 du matin, une canonnade violente commence à la droite : elle dure toute la journée et s'angmente à 2 heures du soir du feu de toutes les batteries de gauche. Nous apprenons qu'on dirige tout le feu de la droite sur Malakoff dont on veut s'emparer. La canonnade couvre toute la terre d'une fumée si épaisse qu'on ne peut rien distinguer.

Dans la soirée, l'amiral Bruat appelle à l'ordre un officier de chaque bâtiment de l'armée pour lui faire copier l'ordre suivant :

« 17 Juin. — Les vaisseaux, le *Montebello*, le *Napoléon*, le *Jean-Bart*, le *Charlemagne*, devront prendre dès aujourd'hui, 17 juin, toutes leurs dispositions pour appareiller sous vapeur demain à la pointe du jour et lorsqu'on en fera le signal. Ils devront être prêts à s'embosser sur une grosse ancre et sur une ancre à jet, l'une ou l'autre devant servir suivant le cas. Les filets d'éclats ainsi que les filets de casse-tête seront en place ; toutes les dispositions de combat seront prises à l'avance. Tant qu'on restera sous vapeur, sans mouiller, le *Roland* se tiendra à portée de donner la remorque à couple au *Montebello*, dès le moment où le signal lui en sera fait. Le *Phlégéton* sera prêt de la donner de la même manière au *Friedland* qui cependant tout en étant disposé au combat ne devra appareiller que quand on lui en donnera l'ordre..., etc. »

Nous préparons de suite tout pour le combat à bord du *Friedland*. Dans la nuit les bâtiments désignés dans le dernier ordre ci-dessus, vont canonner les forts Russes en leur lâchant chacun leur bordée. Un vaisseau anglais qui a été canonner avec eux lance ses deux bordées d'obus l'une après l'autre, et nous donne ainsi un beau coup d'œil.

Lundi 18 Juin 1855 (Anniversaire de Waterloo, 40e). — ... La canonnade des bâtiments cesse à 1 heure du matin. A 2 heures 30 du matin, branlebas ; à 3 heures les escadres françaises et anglaises appareillent, l'escadre anglaise forte de 6 vaisseaux à hélice et d'une dizaine de vapeurs. Le *Phlégéton* vient s'amarrer en couple de nous par babord, car l'ordre est changé : nous devons nous battre par tribord. Les escadres viennent évoluer à l'avant-garde. A 5 heures 30, l'amiral signale : *branlebas de combat* : la générale est aussitôt battue et chacun se rend à son poste.

Toute la journée, la canonnade a continué aussi forte qu'au moment où elle a commencé hier, et toute la journée les escadres restent sous vapeur à l'avant-garde, sans s'approcher d'avantage de Sébastopol. A 5 heures 30 soir les escadres mouillent à l'avant-garde sur une ligne, l'escadre anglaise au nord de l'escadre française et les vapeurs français en tête des deux escadres. A 2 heures de l'après-midi, l'amiral avait signalé de rompre les postes de combat et nous avions battu la retraite. A la nuit le feu cesse peu à peu à terre.

Mardi 19 Juin 1855. — ... Calme à terre, pas un seul coup de canon, dans la matinée l'amiral Bruat envoie un canot parlementer avec le fort Constantin. A 4 heures 45 du soir, suspension d'armes à terre; le pavillon blanc flotte sur toutes les positions de la gauche, et nous voyons Russes, Anglais et Français sortir de leurs retranchements pour ramasser les blessés.

Voici ce qui s'est passé hier : Nous avons attaqué Malakoff, et nous avons été repoussés, après un combat bien meurtrier. Un bataillon de nos chasseurs a occupé Malakoff pendant quelque temps ; il s'était emparé de neuf pièces de canon, mais il a été obligé d'abandonner. Nous avons 5.000 hommes hors de combat dont deux généraux tués ; les Anglais ont perdu environ 1.200 hommes dont trois généraux ; nous avons plusieurs généraux blessés.

Tout porte à penser qu'une fois Malakoff pris, les Russes ne tiendront plus. Hier l'amiral averti qu'on devait attaquer Malakoff nous avait fait nous disposer au combat dans l'intention d'attaquer les forts de la mer, si Malakoff était pris ; et le général Pélissier devait l'en avertir par un signal convenu.

Les Russes démoralisés par la perte de ce point important n'auraient probablement pas tenu, et, ou se seraient rendus, ou ils se seraient sauvés vers la partie nord.

On doit encore attaquer Malakoff prochainement, et l'amiral a mouillé à l'avant-garde dans l'intention de nous faire donner sur les forts aussitôt qu'on se sera emparé de Malakoff. Aussi tous les préparatifs de combat restent toujours faits à bord de tous les vaisseaux des deux escadres, car d'un moment à l'autre nous pouvons aller au feu

Mercredi 20 Juin 1855. — ... Plus de coups de canon à terre, calme complet. La nuit dernière le *Charlemagne* a été lancer deux bordées d'obus sur les forts de la Quarantaine et Constantin qui lui ont répondu ; il a reçu un boulet dans ses bastingages de tribord, personne n'a été blessé.

Jeudi 21 Juin 1855. — ... Quelques coups de canon très rares à la droite. Le courrier de France nous apporte une promotion d'officiers de marine... Notre commandant, M. le capitaine de vaisseau Baudin est élevé au grade de contre-amiral...

Vendredi 22 Juin 1855. — ... Quelques coups de canon à de très rares intervalles à terre. A 8 heures du matin, en hissant les couleurs, nous hissons le pavillon de notre contre-amiral, que nous saluons de 11 coups de canon et de deux cris de : *Vive l'Empereur !* poussés par les hommes de l'équipage, placés sur les vergues.

Ceci va probablement nous faire revenir en France ; on dit que notre remplaçant, *l'Ulm*, doit partir prochainement de Toulon, où il vient d'arriver pour venir ici...

SAMEDI 30 JUIN 1855. — ... Nous apprenons la mort de Lord Raglan, général en chef de l'armée anglaise, qu'une dyssenterie vient d'emporter ; le capitaine Lyons, commandant de la *Miranda*, fils de l'Amiral anglais Lyons, vient aussi de mourir des suites d'une blessure à la cuisse, produite par un éclat de bombe qui l'avait atteint en allant canonner la nuit les forts de Sébastopol...

MARDI 3 JUILLET 1855. — ... Les dépouilles du général Raglan sont transbordées sur le *Caradoc* qui les porte à Constantinople. Nous distinguons du bord le convoi funèbre. Grande quantité de troupes le suivent...

LUNDI 16 JUILLET 1855. — ... J'obtiens enfin une permission de faveur, et je puis passer une journée entière à terre. Je quitte le bord à minuit et demi par le grand canot qui va faire de l'eau à Kamiesch, à l'aqueduc que nous avons construit au fond de cette baie. Nous y arrivons à une heure et demie du matin. A trois heures et demie, nous arrivons au camp de la Légion étrangère, la plus près de la baie de Streleska. Là nous attendons la diane qui est battue à quatre heures par les tambours et la musique. Je vais réveiller un sergent-fourrier de la Légion étrangère : Auguste Ameral, qui m'avait promis la dernière fois que je suis descendu à terre de me faire voir toutes les tranchées ; mais le farceur trouve un excellent prétexte pour s'exempter de cette corvée. Je le quitte aussitôt, ne voulant pas perdre de temps, et je me dirige avec les deux seconds maîtres Boisdron et Leclercq qui m'accompagnent vers le camp des marins. Après avoir traversé plusieurs camps nous arrivons et nous sommes reçus avec beaucoup d'affabilité par les adjudants qui s'y trouvent. Plusieurs d'entre eux, du reste, ont été camarades et collègues des deux seconds maîtres qui sont avec moi. Nous déjeunons avec eux, et aussitôt après, je leur témoigne le désir que j'ai de visiter toutes nos positions, si cela est possible. Mes deux collègues refusent de m'accompagner, et le maître de manœuvre du camp (Coste) me propose de me conduire à la pointe *aux blagueurs* d'où il me montrera une partie de la ville et d'où il m'indiquera mon chemin pour aller à Inkermann. La vue de la pointe *aux blagueurs* est celle de la maison du ravin. On aperçoit le port et une partie de la ville.

Je pars de là et passant sur le front de bandière de tous les camps français et anglais, j'arrive enfin au *Camp du Moulin*, camp qui se trouve le plus éloigné et où a eu lieu la bataille d'Inkermann. Un moulin sans ailes qui s'y trouve lui a fait donner le nom qu'il porte. C'est là Inkermann. Un peu plus loin, se trouve encore un camp de marins, j'en raccroche deux, et en leur payant la goutte et les *blaguant* un peu, je les décide à me conduire dans les diverses positions que nous occupons. Nous allons d'abord à la *Redoute du 5 novembre*, batterie la plus éloignée de Sébastopol que nous possédons. De cette batterie, un magnifique panorama se déroule à mes yeux : bâtie sur une position élevée, cette position domine en grand l'immense vallée au fond de laquelle nous voyons serpenter le ruisseau la Tchernaïa. Cette vallée est encaissée par des plateaux taillés à pic et ayant plus de 600 pieds de hauteur. Celui du nord forme le Belbec, sur celui du sud se trouvent les camps des armées alliées. Dans la falaise du plateau du Belbec, on me fait remarquer une grande quantité de grottes creusées à mi-hauteur. On les dit habitées par des moines et des sœurs russes. Au dessus, sur le Belbec, nous voyons la petite batterie russe, *Gringalet*, et un peu plus loin, un échafaudage en bois, sur lequel est perché un Russe guetteur ; plus loin encore plusieurs camps. Une partie de terre se détache du Belbec près des cavernes et vient former dans la vallée un pain de sucre sur lequel il y a plusieurs vigies russes. En remontant la Tchernaïa, on tombe sur les camps de la première division (Canrobert), établie depuis peu à cet endroit, et appelé pour cela Camp de la Tchernaïa. Nous les voyons très distinctement.

En se tournant vers nos positions, nous apercevons de la *Redoute du 5 novembre* la redoute du *Phare*, la batterie Saint-Laurent et une redoute anglaise.

J'oubliais les ruines d'Inkermann, visibles près du fond du port.

Je visite la plupart de ces ouvrages desquels on voit très bien le fond de la baie de Sébastopol, où vient se jeter la Tchernaïa et où il y a plusieurs bâtiments coulés (ce n'est pas la chaîne de l'entrée). Sur la rive nord, j'aperçois plusieurs boulangeries.

En traversant ces ouvrages, on me montre plusieurs ravins, formant des baies que l'on me dit s'appeler baie du *Clocheton* et baie de la *Poudrière*. Dans cette dernière, on voit l'ancien aqueduc traverser et une grande bâtisse à arcades que l'on m'a dit être une fabrique d'artifices.

J'arrive enfin aux *Ouvrages blancs* qui se composent de trois batteries prises dernièrement aux Russes et retournées contre eux. Elles contiennent encore les canons que les Russes y avaient. Leurs poudrières construites par les Russes sont un travail de géant et les bombes ne peuvent les traverser.

En quittant les Ouvrages blancs, je traverse, toujours guidé par les deux matelots du *Camp du Moulin,* je traverse, dis-je, pour aller dans une tranchée qui est en construction sur l'avant de ces ouvrages ; j'avais à peu près 400 mètres à faire, et les Russes nous tirèrent grande quantité de coups de fusil de leurs embuscades, pendant que nous étions ainsi à découvert. Plusieurs balles tombèrent en sifflant près de nous, aucune ne nous atteignit, mais c'était imprudent à nous de nous aventurer ainsi. Nous entrons dans la tranchée. Arrivés à l'endroit où on travaillait, voulu pousser jusqu'à l'extrémité ; mais l'officier de service nous voyant nous demande si nous avions une permission. Sur notre réponse négative, il nous fit arrêter et escorter par six hommes et un caporal au dépôt de la tranchée, comme Russes ou espions. Pour nous conduire à ce dépôt, on nous fit passer sur l'avant des Ouvrages blancs par une tranchée très longue de laquelle je ne vis pas grand' chose, mais que nous mîmes bien une heure à franchir. Nous tombâmes enfin dans un ravin très profond (ravin de la baie du Carénage qui sépare les Ouvrages blancs du Mamelon vert). Dans ce ravin, nous rencontrâmes le général Bosquet qui nous questionna, en nous voyant escortés ainsi par six hommes et un caporal, le fusil sur l'épaule.

Peu après, un grain abominable nous tomba sur le dos: nous nous réfugiâmes à une petite case qui se trouve dans ce ravin, mais la pluie ne cessant pas, nous nous remimes en marche, et prîmes une petite tranchée ou plutôt un petit chemin à pic sur un des versants du Mamelon vert. Ce chemin nous conduisit à mi-hauteur de ce mamelon à un poste où on nous largua de suite. Il était alors trois heures et quart. La pluie tombait à torrent, et malgré toute mon envie de monter sur le Mamelon vert, je me mis de suite en route pour Streleska. La pluie ne cessait pas. J'étais fatigué, trempé jusqu'aux os, et malgré cela, je marchais toujours, courant dans les descentes des ravins et m'arrêtant quelques secondes sur le versant opposé que je ne pouvais franchir tout d'une haleine. Oh ! je me rappellerai longtemps cette course, et il m'a fallu bien du courage pour ne pas m'arrêter surtout à la montée du grand ravin de Sébastopol, où des crampes me prirent dans les jambes et où je crus que j'allais être forcé de me coucher par terre.

En revenant ainsi, je passai par la batterie Victoria, qui maintenant lance des fusées ; puis de là à la *Maison d'Observation*, la *Maison des Anglais*, le *Clocheton*, et, de là, je tombai sur les Camps de la Légion étrangère, d'où j'étais parti, et à six heures cinq minutes du soir, je me trouvai à la pointe Ouest de la baie de Streleska dans le fortin qu'on y a construit. Je devais y être à six heures du soir : j'étais exact. On ne vint m'y prendre qu'à sept heures, et je crois que je dormis sur l'herbe, quoique mouillé jusqu'aux os. Aujourd'hui (mercredi) j'ai une bonne diarrhée, peut-être un commencement de dyssenterie. Voilà ce que ma course m'a coûté. J'ai fait environ 12 à 14 lieues dans une journée...

Dimanche 5 Aout 1855. — ... Je descends à terre à une heure de l'après midi : je me rends au camp de la Marine et j'en pars à cinq heures avec la relève des batteries pour aller les visiter. Après avoir passé près de la *Maison d'Observation*, nous entrons dans la tranchée et nous tombons dans la batterie 17, armée par nos marins. Je pars de cette batterie qui bat le bastion central... Quand je suis entré dans la batterie 33, une pièce venait d'y éclater, c'est-à-dire qu'un obus russe était entré dans la volée de cette pièce et y avait éclaté ; en éclatant une partie de la tulipe de la pièce a volé en éclats ; personne n'a été blessé...

Mercredi 15 Aout 1855. — ... Fête de l'Empereur : à 8 heures grand pavois ; salut de 21 coups de canon. A 10 heures, messe sur le gaillard d'arrière paré dans ce but et décoré de pavillons : un trophée est placé au pied du grand mât. A une heure commencement des jeux à bord : course dans les sacs, course aux cochons, à l'oie, aux canards, course de youyous, mât de cocagne, bigue ou tomgou suivé ; le soir grand bal paré et masqué de 8 heures à une heure et demie du matin. La musique de l'*Ulm* vient à bord pour cela. La salle du bal a été décorée avec de la verdure (cyprès et laurier) que le *Dauphin* a été chercher exprès dans le Bosphore...

Jeudi 16 Aout 1855. — ... Hier une armée russe est arrivée de Varsovie ; elle était en marche depuis trois mois ; elle se réunit à un autre corps d'armée et descendit des hauteurs de Belbec dans la plaine de la Tchernaïa. Nos troupes aperçurent ce mouvement et se tinrent sur leurs gardes. Les Russes étaient au nombre de 70 à 75.000 hommes. Ce matin à 3 heures, l'armée russe sortit du pli de terrain où elle s'était cachée et s'avança vers nos positions et les positions des Sardes placés à notre droite dans la vallée. Ils voulaient s'emparer de nos positions très bien situées sur un mamelon de la plaine et de là ils se seraient emparés d'Inkermann et en même temps, si le succès avait couronné leur plan, de fortes troupes massées à la gauche du côté de la Quarantaine auraient fait une sortie, et ils nous auraient ainsi repoussés de tous côtés. Leur plan était assez bien combiné... Ils s'avancèrent donc dans la plaine, portant des appareils de ponts volants qu'ils jetèrent sur la Tchernaïa. Ils tuèrent nos avant-postes, et la garde du pont en pierre le défendit si bien qu'un officier seul se sauva, et encore avec deux blessures. Une brume assez épaisse empêchait de bien distinguer. Aussitôt qu'on entendit la fusillade, les généraux des troupes, campées dans la Tchernaïa, firent prendre les armes aux troupes et les massèrent dans un pli de terrain sur l'avant des camps. Et aussitôt que les Russes eurent franchi le canal qui se trouve près de la Tchernaïa et eurent commencé à gravir le Mamelon sur lequel nos camps sont placés, nos troupes sortirent et à bout portant firent un feu roulant de mousqueterie sur les Russes. Une fusillade comme on avait jamais vu, m'a dit un des combattants, commença. Les Russes plièrent et se retirèrent, abandonnant leurs tirailleurs dans la plaine, mais nous ne les poursuivîmes pas. A neuf heures tout était fini, et 25.000 Français et 15.000 Sardes avaient repoussé 70 à 75.000 Russes en leur tuant et blessant 5.000 hommes. Les Sardes, qui ont fait des prodiges de valeur, ont, dit-on, perdu 500 hommes; nous, nous avons 1500 tués et blessés. Nous avons fait 2500 prisonniers, tant en blessés recueillis sur le champ de bataille qu'en prisonniers. Nos zouaves se sont fait décimer.

VENDREDI 17 AOUT 1855. — ... Je vais à terre. Descendu à sept heures du matin, j'arrive à midi sur le champ de bataille de la Tchernaïa. Avec un officier qui était à ce combat, je visite toute la partie où les Français se sont battus. C'est affreux à voir d'un champ de bataille. On relevait les morts depuis la veille, et j'en ai vu encore plus d'un millier, étendus sur le terrain, empilés les uns sur les autres par endroits. C'est près du pont en pierre que l'affaire a été la plus chaude. Il y avait là trois zouaves troués du même boulet et le hussard d'un général tué par un boulet qui avait emporté le cheval de son chef. L'officier qui m'accompagnait me montre l'endroit où un boulet est venu ricocher entre un de ses camarades et lui, et ils étaient à se toucher. Les batteries *Gringalet*, *Foutriquet* et *Bilboquet* faisaient feu de leurs pièces pendant tout le combat, ainsi que plusieurs batteries d'artillerie que les Russes avaient avec eux. Les Russes avaient encore de la cavalerie et tout cela nous manquait à nous. Tous les Russes, qui ont franchi la Tchernaïa, ne l'ont pas repassée. Le terrain entre la Tchernaïa et le canal est jonché de cadavres et débris de toute sorte. Près du pont, la terre est couverte de balles comme de cailloux dans d'autres endroits. J'ai fait sept lieues au moins pour venir visiter cet endroit, et je ne regrette pas ma course; mais elle m'a encore bien fatigué. Je n'ai pas visité les endroits où les Sardes se sont battus. Il m'aurait fallu aller plus loin encore, car les Sardes sont campés plus à droite. Je reviens le soir à bord, et on m'apprend que le lendemain matin je dois aller à terre en subsistance sur le *Palinure...*

MERCREDI 5 SEPTEMBRE 1855. — ... Le feu est ouvert de toutes nos batteries contre les fortifications de Sébastopol. Six bombardes anglaises et le *Palinure* embossés dans la baie de Streleska lancent des bombes sur la Quarantaine et sur Nicolas.

SAMEDI 8 SEPTEMBRE 1855. — ... Le feu a toujours continué depuis le 5... A midi, assaut de Malakoff qui tombe en notre pouvoir. A deux heures, assaut du Bastion central, où nous sommes repoussés. Dans la nuit, plusieurs explosions et incendie de Sébastopol.

DIMANCHE 9 SEPTEMBRE 1855. — ... Au jour, l'incendie allumé par les Russes dans Sébastopol embrasse toute la ville. Au lever du soleil, fortes explosions au Bastion central, à la Quarantaine, au Bastion du Mât et à la Batterie des 44 canons. Tous ces points étaient minés par les Russes qui ont évacué la ville et se sont réfugiés dans la partie nord de la baie. Nos soldats entrent dans la ville et la pillent. De temps en temps, une forte explosion se fait entendre. Ce sont de nouvelles mines qui sautent. Beaucoup de maraudeurs, qui se trouvaient sur les points minés, perdent ainsi la vie.

Le pont qui traverse les deux rives est coupé. Les Russes font sauter le fort Alexandre. Toutes les autres positions sont ainsi détruites par eux et de nouvelles explosions se font continuellement entendre. Tout était miné. Le soir on parlemente au fort Paul pour l'échange des blessés.

LUNDI 10 SEPTEMBRE 1855. — ... L'incendie brûle toujours dans la ville. Vers dix heures, une forte explosion au Bastion central. Beaucoup de Français ont encore dû y perdre la vie, car on en voyait flâner sur ce point en assez grand nombre un instant avant. J'ai oublié de dire hier que les Russes ont coulé les vaisseaux qui leur restaient à flot. Ils n'ont plus que quelques petits vapeurs qui se sont réfugiés sous le fort Catherine. Le pillage continue dans la ville.

Le soir je vais visiter la ville; je passe par le fond de la baie de la Quarantaine avec beaucoup de peine. Je puis franchir les lignes de factionnaires qui veulent m'empêcher de passer. Je vais jusqu'à la Maison Verte et je reviens par le fond du port, passant entre le grand Redan et le Bastion du Mât à une heure du matin...

DIMANCHE 7 OCTOBRE 1855. — ... Dans l'après-midi, je vais faire une promenade et je visite toute la baie de la Quarantaine que je contourne en grand. J'entre dans le fort de la Quarantaine; je vais ensuite au fort Alexandre, dont une partie a sauté. On établissait, quand j'y suis passé, une batterie de quatre mortiers de 32, abritée par ce fort. De ce fort au mur crénelé, nous avons établi une petite tranchée pour abriter les travailleurs, car les Russes tirent sur ces points. Je prends cette tranchée et j'arrive à l'extrémité ouest du mur crénelé, où l'on voit encore les ricochets des boulets des escadres lancés au combat du 17 Octobre 1854. Derrière et en dedans de ce mur crénelé nous avons déjà établi de fortes batteries de mortiers. Je les visite, puis longeant le mur crénelé à l'extérieur, car on empêche maintenant de rentrer dans la ville, j'arrive après avoir passé le bastion de la Quarantaine, au bastion Central que je visite encore :

je circule dans un ouvrage en demi-lune avancée du bastion, ouvrage entouré d'un fossé très profond dans lequel des puits sont creusés de distance en distance. Puis je reviens à Streleska en coupant en droite ligne par l'extrémité du cimetière et en traversant toutes nos tranchées que l'on commence à combler...

DIMANCHE 14 OCTOBRE 1855. — ... Départ de Kamiesch pour Eupatoria... En passant devant Sébastopol, on remarque, du large, l'élévation de Malakoff au-dessus de la ville et le chemin qui conduit à cette redoute. La côte est peu élevée et taillée à pic jusqu'au cap Loukoul ; ensuite, ce n'est plus qu'une terre basse jusqu'à Eupatoria. En dedans de la baie formée par le cap Loukoul, se trouve l'Alma où eut lieu une célèbre bataille l'année dernière. On distingue la rivière, le village et le monticule que les zouaves ont gravi.

Un peu plus nord que l'Alma, près d'une maison blanche, on voit l'endroit où les troupes françaises ont opéré leur débarquement en Crimée...

Eupatoria ressemble assez à Saint-Louis du Sénégal. Comme cette dernière ville, Eupatoria paraît bâtie dans le sable. Les terres sont très basses. A droite de la rade, on voit au-delà d'une très petite langue de terre, le lac Sakir et, près de cette langue, les carcasses de plusieurs navires qui ont fait côte dans le coup de vent du 14 novembre 1854, entre autres, le vaisseau français le *Henri IV*, le vapeur le *Pluton*, un vaisseau turc et plusieurs grands transports anglais. La ville d'Eupatoria n'a aucune apparence. Ce n'est guère qu'un village. Avec quelques grandes maisons blanchies à la chaux, une mosquée, deux ou trois minarets, une église russe : le reste de la ville se compose de petites maisons grises, couvertes en tuiles. A droite de la ville, du côté du lac Sasik, sur la langue de terre qui le sépare de la mer, il y a une quinzaine de moulin à vent à huit ailes, très bas et qui de loin ressemblent à des falaises, quand il y a du mirage.

La rade d'Eupatoria est ouverte et n'a pas beaucoup de tenue ; les terres très basses n'y abritent pas des vents du nord.

Derrière la ville, en appuyant du côté du village de Melaski, se dressent les tentes des troupes turques campées. Les fortifications d'Eupatoria ne paraissent pas élevées... Le mont Tachir-Dagh, point culminant de la Crimée, vu du mouillage d'Eupatoria, reste au S. 49° E ; cette montagne en forme de dos d'âne est facile à reconnaître.

SAMEDI 27 OCTOBRE 1855. — ...Course à Balaklava... Je quitte le quartier général à 8 heures 15 et coupant à travers champs, en traversant quatre ravins, j'arrive à 9 heures 15 au monastère Saint-Georges. Ce monastère est bâti au bord de la mer et on y jouit d'une vue magnifique. Il se compose de deux grandes maisons longues à un étage, puis de plusieurs maisonnettes et de deux chapelles, 17 moines russes l'habitent ; j'ai assisté à leur office du matin dans leur petite chapelle. On voit aussi là le tombeau d'un général russe. J'ai causé avec le supérieur du couvent qui parle un peu français. Ce monastère est gardé par quelques troupes anglaises. Un caporal français y est comme interprète.

10

Parti du monastère à 9 heures 55 et en suivant une route assez bien tracée, nous sommes arrivés à 10 heures 34 à Karani, petit village russe bâti dans un ravin. J'y ai vu un charmant petit garçon parlant très bien le français et qui me dit que les zouaves le lui avaient appris.

Partis de Karani, en continuant un chemin qui descend toujours, nous sommes enfin à Balaklava à 11 heures 10.

Nous visitons le village anglais et le village russe de Balaklava. Les chemins de fer, le port, etc., tout cela ressemble un peu à Kamiesch. La baie de Balaklava est encaissée au milieu de très hautes montagnes. Déjeuné pour 7 francs 50 dans un restaurant français. Pas bon marché !

A une heure 7, partis de Balaklava et suivant la route directe du Quartier général français, nous y sommes arrivés à 2 heures 30 minutes. Cette route va toujours en montant. Nous laissions à notre droite le chemin de fer pour le Quartier général anglais.

Nous restons avec les employés du télégraphe jusqu'à 4 heures 10, heure à laquelle nous nous mettons en route pour revenir à Kamiesch...

MERCREDI 14 OCTOBRE 1855. — ... Parti du bord à 6 heures matin. A 6 heures 19, je quittai Kamiesch et prenant la grande route, me dirigeait vers le Quartier général français. Passé à la pyramide (où il se trouve un télégraphe, c'est à toucher la ligne de fortifications de retraite des camps) à 6 heures 53, j'arrivais au Quartier général à 8 heures 2. Je continuai à suivre la grande route qui contournant le Quartier général français, descend dans le grand ravin de Sébastopol se dirige vers Balaklava en passant à côté du Quartier général anglais qu'elle laisse à sa gauche. Je quittai là la grande route et pris un chemin de traverse qui, après avoir coupé le chemin de fer anglais, me conduisit au camp du Moulin où j'arrivai à 9 heures 30. A 8 heures 25, j'avais passé au Quartier général anglais. Je quittais le camp du Moulin à 9 heures 45 et me dirigeais vers la redoute Canrobert où j'arrivais à dix heures. Cette redoute est bâtie sur la descente du plateau de Chersonèse dans la plaine de la Tchernaïa. Elle est armée de quatre pièces : trois tirent sur Gringalet, et l'autre, dans la plaine. De cette redoute on domine toute la plaine de la Tchernaïa. On aperçoit le petit lac où passe le canal. Ce lac est au pied d'un des mamelons de la plaine sur lesquels sont nos camps. Au-dessous de la redoute Canrobert et en allant sur la droite, nous avons plusieurs postes sur de petits mamelons à demi hauteur de la côte. Nos embuscades sont sur la rivière.

A 10 heures 15, quitté la redoute Canrobert. A 10 heures 35, arrivé à la redoute du 5 novembre. Cette redoute est armée et tire sur Gringalet. Au-dessous d'elles, il y a deux petites batteries dans lesquelles je passe. La plus à droite est la batterie de l'Abattoir. L'autre à gauche est la batterie des Sacs à terre. Elles sont maintenant désarmées.

Entre la redoute du 5 et la redoute du Phare, il y a un grand ravin dans lequel se trouvent d'immenses carrières de tuffeaux. De la batterie des Sacs à terre, je descendis dans ce ravin, et arrivé à son extrémité, je trouvai un aqueduc très beau où se tenait un poste de chasseurs en embuscade sur l'aqueduc. La nuit, ils s'avancent d'une cinquantaine de pas et s'arrêtent au bord de la rivière Tchernaïa. Les Russes, qui sont aussi en embuscade dans les ruines d'Inkermann, font la même chose.

Avant qu'on n'eût coupé le canal de la Tchernaïa, l'eau passait sur cet aqueduc qui se continue en un tunnel très long aboutissant à un autre aqueduc (entre la baie Saint-Laurent et les Ouvrages blancs), après lequel il y a encore un tunnel passant sous les Ouvrages blancs, puis un aqueduc au fond de la baie du Carénage.

Sur la rive gauche du ravin des Carrières, au-dessous du tunnel, on voit des grottes de moines que j'ai visitées.

En quittant ce ravin qui tombe au fond du port, je passai à la redoute du Phare sur l'arrière de laquelle se dresse une ancienne redoute anglaise abandonnée ; puis, plus vers Sébastopol, une petite batterie anglaise abandonnée en-dessous de laquelle surgit la batterie Saint-Laurent. A partir de ce point, je pris plusieurs tranchées dans lesquelles on avait placé des batteries. Ces tranchées me conduisirent aux *Ouvrages blancs* qui sont très étendus et que je visitai. Ce sont plusieurs batteries placées les unes derrière les autres sur la rive droite de la baie du Carénage. Au fond de cette baie je retrouve encore un aqueduc. Du fond de la baie du Carénage, je montai au Mamelon Vert que je visitai ainsi que le très grand entonnoir, causé par l'explosion d'une mine ou d'une soute à poudre qui a sauté. Du Mamelon Vert j'allai à Malakoff.

MARDI 6 NOVEMBRE 1855. — ...Nous devons partir avec l'escadre pour la France et nous embarquons la Garde impériale.

Les passagers du *Friedland* sont composés comme suit : 6 compagnies du 1er bataillon du 2e voltigeurs et 5 compagnie du 2e bataillon du 2e voltigeurs, comprenant 2 officiers supérieurs (Doué, colonel, et Echaux, chef de bataillon), 27 officiers subalternes et 112 sous-officiers et soldats formant un total de 1150 passagers.

MERCREDI 7 NOVEMBRE 1855. — ...A 7 heures du matin le petit remorqueur anglais, *Universe*, de Liverppol, vient nous prendre. Il nous sort du port de Kamiesch et nous mouillons en grande rade à 7 heures 48 matin... A 5 heures du soir, nous appareillons à la remorque de l'*Albatros*, ainsi que l'escadre... Nous faisons d'abord route au N. O. jusqu'à la nuit close pour cacher aux Russes notre route réelle ; puis, à 6 heures, la nuit étant faite, l'amiral nous signale route libre jusqu'à Beïkos.

VENDREDI 9 NOVEMBRE 1855. — ...A 2 heures 15 du soir, nous recourrons sur la terre et nous en approchant plus près, reconnaissons l'endroit appelé *Kilios* ou faux Bosphore. Il s'y trouve une petite baie, et un château que l'on y aperçoit peut, en effet, faire confondre cet endroit avec le Bosphore. Nous sommes à l'est du Bosphore, à peu de distance... A 4 heures du soir, le fanal d'Europe de l'entrée du Bosphore nous reste au sud du monde... Nous entrons dans le Bosphore et le descendons toujours à la remorque de l'*Albatros*... Le *Fleurus*, le *Saint-Louis* et le *Brandon* viennent derrière nous. A 5 heures 15 minutes du soir, mouillé sur rade de Buyuk-Dereh dans le Bosphore. La nuit nous empêche d'aller plus loin.

SAMEDI 10 NOVEMBRE 1855. — ...Buyuk-Dereh est un de ces villages comme on en rencontre continuellement dans le Bosphore. On y voit de charmantes maisons de plaisance. Le paysage y est magnifique. A 7 heures 30 minutes du matin, appareillé à la remorque de l'*Albatros* pour descendre le Bosphore et mouiller à Beïkos... (8 h. 22 matin).

Beïkos est vis-à-vis Thérapia. Les sites en sont charmants. A côté de Beïkos, près de l'endroit où nous sommes mouillés, se trouve un très joli château appelé *Kiosque du Sultan*. Il est tout en marbre blanc et de couleur, et non encore achevé. Derrière lui, apparaît une belle vallée, appelée *Vallée du Sultan*... Nous sommes restés sur rade de Beïkos jusqu'au 15... Ce jour-là, j'ai été me promener à Constantinople.

JEUDI 15 NOVEMBRE 1855. — ...L'escadre appareille successivement de six heures du matin à deux heures du soir. Nous avons l'ordre d'attendre l'amiral aux Taches blanches du château des Dardanelles. Nous partons le dernier à 2 heures du soir, à la remorque de l'*Albatros*. Nous descendons le Bosphore. En passant vis-à-vis le palais du Sultan, nous le saluons de 21 coups de canon. A 4 heures 30, nous entrons dans la mer de Marmara et nous faisons route pour les Dardanelles...

LUNDI 19 NOVEMBRE 1855. — ...A 4 heures 30 minutes du soir, le *Montebello*, vaisseau amiral, nous télégraphe : « Escadre apprendra avec douleur amiral alité depuis hier au soir, décédé aujourd'hui à 3 heures du soir. »

Ainsi notre brave amiral de France, Bruat, décoré de l'ordre du Medjidié de 1re classe (Turquie), n'est plus, et il meurt au moment où, couvert de lauriers, il effectuait son retour en France au milieu de son escadre victorieuse ! Le Medjidié de 1re classe et le bâton de maréchal lui ont été donnés à Sébastopol... (1)

(1) On passe ici rapidement sur la continuation du retour en France, où le ponctuel soldat de marine note surtout les observations techniques sans incidents graves ni caractéristiques. Nous nous contenterons de relever ce qu'il dit en passant, d'une île au nom populaire :

JEUDI 29 NOVEMBRE 1855. — ... Nous passons à très petite distance de Monte-Cristo. Cet immense rocher semble partout accore ; il y pousse à peine quelques arbres rabougris. On y va chasser en été... Et il en donne le dessin.

L'escadre mouillait à Toulon le 2 décembre 1855 à onze heures du matin : « Mis les couleurs en berne. Le *Montebello* tire un coup de canon d'heure en heure pour les honneurs militaires à rendre à l'amiral Bruat qui est décédé en mer. » — Emile Eudel arrivait, en permission, à Nantes, le 28 décembre 1855 et revenait à Toulon le 9 février 1856. Il avait été nommé chef de timonerie le 1er Janvier. Le 11 avril, il embarquait à bord de *L'Isly*, frégate à hélice de 34 canons, commandée par M. de Poucques d'Herbinghem, capitaine de vaisseau.

Le 27 décembre suivant, Emile Eudel eut la satisfaction de lire les notes trimestrielles qui le concernaient, envoyées par le Commandant au Ministre de la Marine sur les officiers et maîtres. Ces notes étaient ainsi conçues : « *Conduite*, excellente ; *Capacités*, très-instruit et très-capable ; *Santé*, parfaite ; *Observations* : Ce jeune homme est au-dessous de sa position et ferait un très-bon officier. Il est distingué. Caractère digne, beaucoup de tenue, travailleur intelligent. »

A BORD DE L' « ISLY »

ALGER — MALTE — NAPLES

Pèlerinage au tombeau de Virgile

Lundi 26 Mai 1856. — ... Alger est bâti en amphithéâtre ; ses maisons blanches s'aperçoivent d'assez loin, mais pas quand on est dans l'ouest. Le soir, je descends à terre. Trois rues seulement valent la peine d'être vues : ce sont les rues Bab-el-Oued et Bab-Azoun se faisant suite et la rue de la Marine. Toutes trois aboutissent sur la place du Gouvernement, où se trouve la statue équestre du duc d'Orléans. Les rues Bab-el-Oued et Bab-Azoun sont bordées d'arcades. Jolis magasins, on se croirait à Paris. Les autres rues de la ville sont étroites, tortueuses et à pic pour la plupart. A l'extrémité de la rue Bab-el-Oued, en dehors de la ville, se trouve un très joli jardin anglais, appelé jardin public. A l'extrémité de la rue Bab-Azoun se trouve le théâtre. Assez beau monument dans le genre du théâtre de Bordeaux. En continuant vers l'est, on arrive à un quart de lieue de la ville au bourg de Mustapha, où se trouvent plusieurs maisons de campagne et guinguettes. Alger est fortifié : remparts élevés, fortis très profonds et très larges. On a laissé subsister une partie des fortifications bâties par les Maures avant 1830. J'ai été visiter aussi le bazar qui ressemble beaucoup au bazar de Constantinople, mais il est beaucoup plus petit. On y trouve beaucoup d'objets que l'on rencontre aussi à Constantinople : sandales brodées, selles brodées, flacons d'essence, bijouterie arabe, œufs d'autruche, pipes, instruments de musique, armes, costumes, burnous arabes, etc.

Grande variété de costumes dans les rues. Juifs au turban noir. Leurs femmes sont singulièrement habillées : elles ont un bonnet pointu sur la tête. Leur devant de poitrine est tout brodé d'or ; elles portent des mouches et se teignent les cheveux. Les Maures ont le turban en soie blanche et or. Kabyles, nègres, Arabes au grand burnous, etc., etc. Il y a beaucoup d'Espagnols et de Maltais à Alger..... La cathédrale n'a rien de curieux : elle est décorée dans le style maure.... (1)

(1) Le progrès et les Expositions successives nous ont, sans doute, rendu, en 1892, ces descriptions banales ; mais, en 1856, Alger n'était pas aussi *rapproché* de Paris qu'il l'est devenu depuis. On y allait encore *à la découverte*.

MERCREDI 25 JUIN 1856. Relâche à Malte. — ... (1) De onze heures à quatre heures, je descends à terre et je visite la ville de la Valette même. Cette ville a des rues percées à angle droit et tirées au cordeau. Comme la ville est bâtie sur une presqu'île formant colline, plusieurs de ses rues sont à pic sur un escalier. Je visite une salle d'armes antiques, ayant appartenues aux chevaliers de Malte. Je vais à 2 heures (moment de l'ouverture) voir l'église de Saint-Jean, aujourd'hui cathédrale de la Valette. Cette église est l'ancienne église des chevaliers de Malte. Elle est toute pavée en grandes pierres sépulcrales, en mosaïque et marbre. Chacune de ces pierres porte l'écusson, les armes d'un chevalier de Malte et une inscription en latin. Les deux côtés de l'église sont garnis de magnifiques tapis des Gobelins ; le chœur est en bois sculpté ; le maître-autel est en argent. Sous le chœur se trouvent des catacombes renfermant les tombeaux des chevaliers.

De chaque côté de l'église se trouve une galerie de chapelles décorées dans le genre espagnol, c'est-à-dire surchargées d'ornements, de boiseries sculptées, de dorures, etc. On y remarque plusieurs belles statues en marbre. Chacune de ces chapelles renferme une tombe d'un des grands maîtres de l'Ordre. L'une d'elles renferme les restes du frère de Louis-Philippe (comte de Beaujolais). Cette tombe est en marbre et représente le comte de Beaujolais couché sur le côté, se reposant sur le coude gauche.

A droite du chœur, on voit les fonts baptismaux, fermés par une énorme grille en argent. Près de cette grille se trouvent les clefs de Jérusalem au nombre de six ou sept. Deux cadres en argent, portant une longue inscription en latin, sont à côté.

Dans le bas de l'église, à babord, existe une galerie de tableaux. A T, une autre galerie avec un autel. Derrière l'autel, un magnifique tableau de Carrache, représentant, je crois, la décollation de saint Jean. A droite de cet autel, sur un plateau en argent, se dresse une tête en marbre de saint Jean, parfaitement bien faite. Cette église est au moins aussi vaste que la cathédrale de Nantes. (2)

22 JANVIER 1857. — (Rade de Naples) ... Nous trouvons sur rade une corvette anglaise qui, ainsi que nous, y est en observation... Naples a beaucoup d'apparence de la rade ; les maisons y sont presque toutes de cinq ou six étages. La ville est dominée par le fort Saint-Elme (vieille construction). A gauche, se trouve une pointe sur laquelle est bâti le fort de l'Œuf (Ow). Le grand phare est peint en rouge : il est situé sur le coude

(1) L'*Isly* était reparti de Toulon, le 22 juin, pour Constantinople, d'où il allait effectuer le transport des troupes de Crimée en France.

(2) L'*Isly* arrivait à Constantinople le 29 juin. La visite qu'y fit Emile Eudel est très courte. Un autre, du même nom, devait la compléter. Le 4 juillet, on embarquait les troupes passagères : en tout 1.000 hommes (à bord de l'*Islg*) de divers détachements et régiments d'artillerie et de génie. Le 7 juillet, à 6 h. 30 du soir, on apercevait la côte de Calabre, puis l'Etna, puis la côte de Sicile dans la nuit claire. La route se continua sans incidents graves jusqu'à Marseille, d'où l'*Isly* repartait le 13 juillet pour Toulon, après avoir débarqué ses troupes. A partir du 23 juillet, l'*Isly* apprend qu'il fait partie de l'escadre de la Méditerranée, qui prend le nom d'*Escadre d'évolution*. Il reste à Toulon, exécutant sur rade les exercices réglementaires.

— Le 16 janvier 1857, l'ordre arrivait d'aller en mission sur les côtes d'Italie et de Sicile. (C'était la politique du roi de Naples qui l'exigeait.) Nous laissons de côté toute la partie technique et accidentelle de cette traversée et touchons à Naples avec le journal d'Eudel.

de la jetée la plus Nord qui a la forme d'un L. Sur la pointe de cette jetée se trouve un autre phare plus petit peint aussi en rouge. Cette jetée sépare le port de guerre du port marchand ; la jetée Sud, qui ferme au Sud le port de guerre, a aussi un petit phare rouge sur sa pointe.

Les bâtisses, campagnes, etc. remontent assez haut sur le versant des deux montagnes qui forment le Vésuve. La maison la plus haute est bâtie sur la lave, là où la végétation n'existe plus et elle est habitée par un ermite.

A Naples, on compte par piastre de 12 carlins. Un carlin vaut 10 grana. On compte aussi par ducat de 10 carlins. On est dans l'usage de compter le carlin pour 0 fr. 50, mais il vaut moins, car la piastre ne vaut que 5 fr. 15 au lieu de 6 fr.

Samedi 24 Janvier 1857. — ... Depuis notre arrivée sur rade, le temps a toujours été pluvieux : grains du large, forte brise dans les grains ; la mer poussée par les vents de S.-O. forme en rade de Naples une grosse et longue houle qui augmente de plus en plus en approchant de la côte et qui vient déferler sur le rivage avec une force presque aussi grande que celle des barres de la côte occidentale d'Afrique.

Tourmentée par cette houle continuelle, notre belle frégate monte et descend sur les lames, roule et tangue, laisse voir par instants sa carène ruisselante, d'autres fois disparaît dans les flots, mais se relève toujours belle et gracieuse, se jouant des lames qu'elle effleure avec la légèreté de l'Alcyon.

Le temps ne paraissant pas vouloir changer et craignant, si j'attends davantage, de ne pouvoir profiter de notre séjour sur rade de Naples pour visiter tant de choses curieuses que cette ville renferme, je me décide, malgré la pluie, la boue et le vent, à visiter les ruines de l'antique Pompéia. Après bien des recherches, je trouve un compagnon de voyage, c'est le commis aux vivres ; l'autorisation est demandée au capitaine de frégate la veille au soir. Comme d'habitude, elle nous est accordée sans difficulté. (c'est un excellent homme que ce capitaine de frégate,) et ce jourd'hui 24 janvier 1857, à 7 heures du matin, nous embarquons dans le grand canot (poste aux choux), armés de pied en cap, car vous saurez que les termes politiques dans lesquels la France se trouve en ce moment vis-à-vis le royaume de Naples nécessitent cette précaution.

Nous entrons dans un bassin fermé à gauche en entrant par le grand môle, au milieu duquel se trouve placé le grand phare à éclats, et, à droite, par une pointe sur laquelle se trouve la Santé. Ce bassin, qui forme le port de commerce, est parfaitement abrité de la grosse houle qui règne en rade. La mer y est calme et on accoste à un quai construit en gros blocs volcaniques sur lequel on débarque facilement. On monte quelques marches et on se trouve sur un beau quai supérieur, en ligne droite, sur lequel est placée une grande grille en fer qui règne dans toute sa longueur et qui, commençant à la Santé, se termine au grand môle. De l'autre côté du grand môle c'est le port militaire renfermant deux vaisseaux à deux ponts, quelques frégates à voile et à vapeur, et des bâtiments de rang inférieur, le tout désarmé.

Il est 7 heures et demie, mais nous ne sommes pas encore libres. La présence des commis aux vivres est nécessaire chez le boucher, chez le boulanger, au marché aux légumes et, de peur de nous égarer, je suis obligé de le suivre dans toutes ses courses. Nous passons dans plusieurs rues qui sont toutes généralement bien pavées en larges dalles de lave, un peu étroites et sans trottoirs, bordées de hautes maisons à plusieurs étages ressemblant assez à celles de nos villes de France.

Une chose à remarquer dans la ville de Naples, c'est le grand nombre de loteries. On en rencontre à chaque pas, même en plein vent. La passion de jeu est poussée très loin chez les Napolitains. Du lever du soleil jusqu'à minuit, les portes des loteries sont ouvertes, et hommes, femmes, vieillards, enfants même viennent verser dans la gueule béante de ce gouffre le fruit de leurs labeurs, les économies de leur ménage, la fortune de leurs enfants, le prêt de l'usurier.

Le costume des Napolitains n'a rien de remarquable. La classe aisée suit les modes françaises et, comme les gants sont à très bon marché (à 12 francs la douzaine), tout le monde en porte.

Le lazarone n'existe plus. Ce flaneur type, vivant au jour le jour, se levant le matin, peu soucieux de la manière dont il passera la journée, car il sait que l'aumône saura bien le nourrir et vêtir, grouillant toute la journée au coin d'une borne aux chauds rayons du beau soleil de Naples — pas celui que nous avons maintenant, — (nous n'en avons pas vu la couleur depuis que nous sommes ici) et se couchant le soir là où il se trouve, sans souci et sans inquiétude du lendemain. Ceci ne veut pas dire qu'il n'y ait pas de mendiants à Naples, car ils y fourmillent, et vous poursuivent à chaque instant de leur *Signor! por l'amor de Dios, poco de pane! Signor excellenza, por l'amor de la madona, picota monete* etc ; mais c'est la misère hideuse en haillons et couverte de plaies qui soulèvent le cœur de dégoût et de pitié !

Enfin la viande, le pain et les choux sont embarqués dans le grand canot qui pousse et retourne à bord. Nous sommes libres !... Notre journée tout entière est à nous, l'heure de notre retour à bord n'a pas été fixée et nous nous promettons bien de la reculer le plus possible.

Les voitures pullulent à Naples. Comme à Paris, sur chaque place, à chaque coin de rue, se trouvent des stations de fiacres. La course est d'un carlin (0 fr. 50). L'heure se paie, la première, 3 carlins, et toutes les autres, 2 carlins. Nous embarquons dans un de ces *corricolo*, et nous nous faisons transporter à la gare du chemin de fer qui conduit de Naples à Pompéia. Nous prenons deux billets de seconde pour le prix de 1 fr. 75 par personne, et en attendant l'heure du départ du convoi, nous entrons dans un petit café. J'ai remarqué de près que les cafés de Naples sont généralement petits, mesquins, et mal décorés. Ils ne peuvent être comparés aux beaux cafés que nous avons dans nos grandes villes de France. Après avoir consommé un café au lait, nous entrons dans la gare qui est disposée comme nos gares de France, mais beaucoup plus en petit, et nous embarquons dans un wagon du convoi qui part à 9 heures. Le chemin de fer suit le bord de la mer. A 9 heures 48, nous sommes à Portici, première station. C'est une petite ville assez rapprochée du Vésuve, et non loin de laquelle se trouvent les ruines d'Herculanum. A 9 heures 25, nous arrivons à Torre-del-Greco, autre petite ville de peu d'importance. A 9 heures 13, nous sommes à Torre-Annonziata. A cette petite ville, le chemin de fer se bifurque. Un embranchement se dirige sur Castellamare et l'autre sur Nocera. Nous enrayons sur ce dernier, sur lequel se trouve Pompéia, où nous arrivons à dix heures. Les terres labourées des environs de Naples sont très riches en humus, grasses, noires et très fertiles. Cette fertilité s'explique par la grande quantité de cendres du Vésuve qui s'y trouve mélangée et dont les sels viennent la nourrir. La vigne n'est point ici cultivée comme en France : elle est arborescente. Des arbres également espacés lui servent de tuteurs, et elle court de l'un à l'autre sur des cordons qui les relient entre eux et qui sont élevés au-dessus du sol de huit à dix pieds. Le vin des environs de Naples a assez de réputation, surtout celui de *Lacryma Christi*, des îles de Capri et la Procida ; mais depuis cinq ans, la vigne est stérile et ne produit rien. Aussi en ce moment le vin est-il très cher à Naples. On le fait venir de Sicile, où se trouve aussi le vin de Marsala qui a une très grande renommée. On rencontre sur la route de Naples à Pompéia plusieurs jolies maisons de campagne. Une partie de la voie ferrée est creusée dans des collines dont la coupe présente à l'œil diverses couches superposées de laves ou de cendres de formation plus ou moins ancienne.

En débarquant du chemin de fer il faut marcher pendant environ dix minutes avant d'arriver aux collines dans lesquelles la ville de Pompéia a été découverte. A l'entrée des ruines fermées par une grille, on prend un cicerone du gouvernement qui doit vous accompagner partout et qui, tout en vous expliquant les monuments et les curiosités, vous surveille avec attention, afin que vous ne dérobiez point le moindre petit morceau de pierre.

Il fait un temps affreux, la pluie tombe par torrents, c'est du reste ce qui a lieu depuis le matin, mais nous en avons bravement pris notre parti. Notre guide, armé d'un énorme riflard, nous accompagne en grommelant, et ses premiers mots, en mauvais français, moitié italien, sont : « Vous avez choisi une fichue journée pour venir ici. »

Nous entrons dans Pompéia par une voie romaine qui conduisait au bord de la mer. Cette voie, comme toutes les rues de la ville, est pavée en larges dalles volcaniques. Pompéia a été engloutie par une pluie de cendres en 79 après J.-C. Pline l'ancien (le naturaliste), a péri dans cette éruption du Vésuve, qui est racontée par Pline le jeune. Herculanum fut engloutie par la lave dans la même éruption. Cette dernière ville, qui est plus rapprochée de Naples que Pompéia, offre moins de curiosités qu'elle, est plus petite, et ne peut être visitée qu'aux flambeaux. C'est en 1592 que la première mention de Pompéia fut signalée d'après Dominique Fontana, architecte du comte de Sarno, par Mattuis Cuttavilla, en creusant un aqueduc pour porter de l'eau à la terre. Cet aqueduc existe toujours et nous avons remarqué, par un soupirail, sous le parvis du temple d'Isis, l'eau coulant dans cet aqueduc qui alimente encore aujourd'hui la ville de la Torre.

Mais ce n'est qu'en 1748 que Pompéia fut réellement découverte par des paysans qui creusaient un fossé. Les fouilles commencèrent, mais elles ne datent réellement que de notre siècle. Elles sont suspendues en ce moment, et loin d'être terminées. Tout ce qu'il y avait de plus riche, de plus curieux et de plus beau à Pompéia a été transporté soit dans le musée de Naples, soit dans les Palais Royaux. On remarque cependant encore

11.

de belles choses ; et en voyant tous ces débris, ces rues, ces maisons sans toiture, mais bien conservées, ces temples, ces amphithéâtres on peut très bien se faire une idée de la splendeur des anciens Romains. Les rues de Pompéia sont bien alignées, se coupant à angle droit, pavées en larges dalles volcaniques usées par le temps et sur lesquelles on retrouve encore les sillons creusés dans la pierre par le passage des lourds chars romains. Ces rues sont bordées de trottoirs élevés et, de distance en distance, trois larges pierres ovales également espacées, aussi élevées que les trottoirs et usées par le temps, servaient aux piétons à passer d'un trottoir dans l'autre sans descendre dans la rue. On remarque, sur les murs, des maisons de grandes inscriptions en lettres rouges ou noirs, très longues et de peu de largeur. Ce sont ici les noms de la famille et des ancêtres de la maison. Là, des avis, des enseignes ; plus loin des affiches de théâtre, et des maisons à louer.

J'ai vu tant de choses curieuses dans cette ville, qui est aussi grande que Toulon, pendant les deux heures et demie que nous passons à la parcourir, que tout se présente confusément à ma mémoire et que je ne puis que noter les points principaux qui nous ont été désignés par notre guide dans l'ordre où il nous les a montrés.

Le *Tribunal de Justice* ; le *Temple de Vénus*, où l'on remarque plusieurs dieux Termes ; le *Forum*, où les anciens s'assemblaient pour causer des affaires politiques et commerciales. Plusieurs colonnes sont restées debout, une grande partie est brisée. C'était une vaste place entourée de colonnades ; le *Temple de Jupiter*. Toutes les maisons très particulières de Pompéia et même quelques trottoirs sont pavés en mosaïques de marbre parfaitement conservés. Le *Temple de Mercure*, dans lequel on a trouvé et où il existe encore de grandes amphores à vin en terre rouge et de beaux débris de marbre. Le tout est fermé par une grille en fer cadenassée, gardée par un factionnaire. Ceci se renouvelle assez fréquemment dans la ville de Pompéia, ou chaque objet de quelque valeur est ainsi enfermé et gardé par un invalide. La *Rue de la Fontaine de l'Abondance*, ainsi nommée d'une fontaine qui se trouve au milieu, et dans laquelle l'eau sort d'une corne d'abondance ; la *Maison du change des monnaies*, ainsi nommée d'une fresque peinte sur la muraille et représentant un sac d'argent duquel sortent différentes espèces de monnaies. Toutes les maisons de Pompéia sont peintes à fresques, mais les plus beaux sujets ont été détachés et transportés au musée de Naples. Le *Théâtre* : les spectateurs étaient placés sur des gradins, comme dans un amphithéâtre. La scène est assez petite. Le *Temple d'Isis*. J'ai déjà parlé de l'aqueduc qui passe dessous. A gauche de l'autel se trouve un gros bloc de pierres sculptées sur lequel s'accomplissaient les sacrifices ; sous l'autel, une petite cachette dans laquelle se plaçait le grand prêtre qui faisait parler la statue d'Isis.

Nous quittons à ce moment les ruines déblayées pour nous rendre à l'amphithéâtre qui a été découvert à un quart de lieue plus loin. L'espace compris entre cet amphithéâtre et les ruines est encore à découvrir. C'est actuellement un grand champ de blé et de vignes. Que de belles choses seront encore trouvées dans ce terrain ! L'amphithéâtre auquel nous arrivons après un quart-d'heure de marche, est assez bien conservé. Des gradins, au nombre de 73, étaient tous en marbre blanc. On n'en a laissé qu'un petit nombre. Le reste a été enlevé pour décorer le palais des rois de Naples. On pénètre dans l'amphithéâtre par un portique assez élevé, décoré à son entrée de deux statues en marbre, placées de chaque côté dans des niches. Sur leur piédestal, on lit deux inscriptions : ce sont les noms des constructeurs de cet amphithéâtre. L'un d'eux s'appelait Pansa. Ce portique se continue en une voûte élevée formant un couloir en pente douce qui se termine en gradins du bas et donne entrée sur l'arène qui est de forme ovale. Cette voûte était éclairée par des candélabres en bronze scellés dans la pierre. Les candélabres ont été enlevés, mais les trous existent toujours.

En quittant l'amphithéâtre, nous revenons vers les ruines de Pompéia et continuons à visiter les endroits suivants : la maison de *Marc Lucrèce*, qui renferme de belles fresques et de jolies statuettes dans un petit jardin planté de fleurs, au milieu desquelles se trouve une petite fontaine en marbre, avec bassin et derrière lequel s'élève un petit temple aussi en marbre. L'entrée des maisons romaines, ou l'*atrium*, donnait dans une cour assez vaste appelée l'*impluvium*, autour de laquelle régnait un petit canal en stuc, destiné à recevoir l'eau des toits, qui s'écoulait dans un grand bassin en marbre peu profond, placé au milieu de la cour. Cet *impluvium* était entouré d'une galerie supportée par des colonnades. Dans cette galerie donnaient toutes les portes des divers appartements, tous pavés en mosaïques et peints à fresques. Nous visitons ensuite la *Maison de la Chasse*, ainsi nommée d'une fresque de grande dimension, représentant une chasse de bêtes féroces. La *Maison de la Fontaine*, ainsi nommée d'une charmante fontaine toute en mosaïque et coquillages sur fonds bleus. La *Maison du Faune*, ainsi nommée d'une statue d'un faune qui y a été trouvée ; c'est une des plus belles maisons de Pompéia. C'est elle qui renferme la grande mosaïque qui a tant occupé les savants. Cette mosaïque a 16 pieds de long sur 8 de large. Elle représente une bataille. Ce qui rend surtout cette maison si curieuse, c'est une croisée, dans laquelle il existe encore un morceau de vitre ancienne, ce qui prouve que le verre à vitre était connu des anciens. Cette maison a été découverte en 1830. Le *Temple de la Fortune* : là comme ailleurs, les plus belles choses ont été enlevées. Nous arrivons à un carrefour formé par les quatre rues de *Mercure*, de la *Fortune*, du *Forum* et des *Bains publics*, qui se coupent à angle droit. Nous entrons dans la rue des *Bains Publics* et nous y trouvons les bains publics que nous visitons. Ces Bains sont vastes et bien conservés. Une partie de leur toiture existe encore. Ils se composent de plusieurs appartements où l'on prenait les bains chauds ou froids à volonté. Dans l'un de ces appartements se trouve une énorme brasière en bronze, ayant la forme d'une caisse carrée. Elle servait à entretenir une température douce dans l'appartement où elle se trouve et dans lequel on entrait probablement après avoir pris les bains chauds. Ailleurs, sur un pied, un grand bassin en marbre qui devait renfermer de l'eau pour se laver les mains et la figure. En quittant cet endroit, nous passons près de la *Boutique d'un barbier*. On y a trouvé des rasoirs et divers instruments de toilette ; un siège en pierre se dresse au milieu de la chambre qui est très petite. La *Maison de la grande fontaine*, ainsi nommée d'une grande fontaine en mosaïque et coquillages dans le genre de celle que nous avons vue, mais plus grande et moins bien conservée. Les fresques de la galerie de l'*impluvium* de cette maison représentent des pêcheurs à la ligne. La *Maison de Sallustre*, à grandes fresques, représentant Vénus et Mars, Diane au bain surprise par Actéon. Une *Boulangerie*, où l'on retrouva des fours et des moulins à farine. Des *Caves* pour couserver les grains sous les maisons. La *Douane*. Une *Maison publique*, portant au-dessus de sa porte une singulière enseigne qui a été transportée au musée de Naples.

Nous arrivons ensuite à la porte d'Herculanum, donnant sur la rue des Tombeaux. La voûte de cette porte s'est écroulée, mais les deux petites portes qui se trouvent sur ses côtés sont mieux conservées, et on voit encore les rainures dans lesquelles glissait la barrière. Près de cette porte se trouve une guérite en pierres : c'était le poste de la sentinelle romaine. Près de la porte d'Herculanum, se trouve un escalier au moyen duquel on monte sur les murailles publiques si larges que trois chars pouvaient y passer de front et construites en grosses pierres volcaniques. En sortant de la porte d'Herculanum, on descend la rue des Tombeaux, ancien bourg Augustus Félix, conduisant à Herculanum. Cette rue est toute bordée de tombeaux, parmi lesquels nous avons remarqué celui du prête Mamia, espèce de grand bassin. Vis à vis se trouvent des ruines qu'on suppose être un hôtel destiné aux voyageurs qui se rendaient à Herculanum. — Le tombeau des *Gladiateurs*, derrière lequel se trouve un *columbarium*, petite chambre étroite ne recevant le jour que par la porte. Tout autour de cette chambre sont creusées de petites niches, dans lesquelles sont déposées les urnes sépulcrales et les vases lacrymatoires. — Le tombeau de Calventio, magistrat pompéien. C'est un beau monument en marbre blanc, se terminant par deux enroulements de palmes avec des têtes de bélier. Il a été découvert en 1838 ; il est massif, ce qui indique que c'est un tombeau honorifique. Il porte pour épitaphe : « A Caïus Calventio Quieto Augustal. L'honneur du *bisellium* lui a été accordé par le décret des décurions et avec le consentement du peuple à cause de sa magnificence. » Le *bisellium* était un siège assez grand pour pouvoir tenir deux personnes assises, et celui qui avait obtenu l'honneur du *bisellium* avait le droit au *Forum* de s'asseoir seul sur ce siège et d'y avoir ainsi ses coudées franches. C'était un grand honneur chez les Romains. Deux couronnes de chêne indiquent que Calventio avait reçu la couronne civique. Sur le tombeau, un autel pour les sacrifices, et derrière le tombeau, dans un espace étroit, compris entre une muraille et le tombeau lui-même, un fourneau sur lequel on plaçait les cadavres pour les brûler. Dans le cénotaphe de Calventio, se trouve un *columbarium*. — Le tombeau de la famille Diomède, sur lequel se lit l'épitaphe suivante : Marcus Arrius Diomède, affranchi de Julia, maître du bourg Augustus Félix près de la ville, a élevé ce tombeau à sa mémoire et à celle des siens. » En face de ce tombeau se trouve la maison de Diomède ; c'est une des plus grandes maisons de Pompéia. Deux étages sont conservés et le troisième manque. Dans une grande galerie souterraine qui se trouve sous cette maison, et que nous visitons, on retrouve vingt squelettes appuyés au mur. Ils avaient été étouffés par la cendre qui, délayée par l'eau de la pluie, s'était parfaitement moulée sur les cadavres ; et l'on voit au musée de Naples, un morceau de cette cendre moulée sur le sein d'une femme, sur lequel on reconnaît les plis d'une étoffe ; puis d'autres moules de bras, d'épaules parfaitement bien conservés. On découvrit dans cette galerie une grande quantité de bijoux, soit sur les cadavres, soit à terre, ainsi que beaucoup d'or et d'argent monnayé ; ce qui prouve que tout affranchi qu'il était, Diomède avait une très grande fortune. Du reste les mille choses d'art qui ont été recueillies dans cette maison l'indiquent. Dans la galerie souterraine, d'énormes amphores à vin dans lesquelles la cendre du Vésuve a remplacé le liquide.

En quittant la maison de Diomède, nous soldons notre guide qui fait la grimace parce qu'il trouve que nous ne lui donnons pas assez, et nous nous acheminons en toute hâte vers la gare du chemin de fer à laquelle nous arrivons en même temps que le convoi qui n'y stationne que le temps nécessaire pour prendre ou déposer les voyageurs. Nous partons à midi et demi pour Naples. Nous sommes restés deux heures et demie dans les ruines de Pompéia. Il faudrait une semaine pour tout voir. Nous n'avons fait que parcourir bien rapidement en ne nous arrêtant qu'aux monuments et aux maisons les plus dignes d'intérêt. Le temps est toujours aussi mauvais, cette diable de pluie ne veut pas nous quitter.

En arrivant à Naples, nous prenons un corricolo, et nous nous faisons immédiatement conduire au Musée. Le Musée ne reste ouvert que de 9 heures à 2 heures et demie. Nous avons donc peu de temps pour le visiter, et nous sommes forcés de parcourir rapidement ses vastes salles. C'est un vaste bâtiment carré qui d'abord, palais des Studi, fut ensuite palais de l'Université, et enfin reçut sa destination actuelle. On entre d'abord dans un vaste péristyle, de chaque côté duquel se trouvent plusieurs salles. Chacune d'elles à sa spécialité : à gauche sont les salles de mosaïques de Pompéia et d'Herculanum et des marbres ; à droite les salles des fresques, des marbres, des bronzes, des antiquités égyptiennes, etc. Pour le péristyle, deux grandes statues équestres en marbre, dont la copie en bronze est sur la place du Gouvernement. De chaque côté et par le travers du milieu du péristyle, un jardin, enfin, au fond, un large escalier en marbre blanc à double courbure, conduisant à l'étage supérieur. Nous commençons par la salle des Mosaïques et fresques renfermant des dessins frappants de vérité. Nous avons surtout remarqué un poisson et un oiseau en mosaïque, auxquels, comme nous le faisait observer notre cicerone, il ne manquait que la vie, des inscriptions romaines, de belles fresques, etc. Nous entrons dans la salle des bronzes antiques de Pompéia, qui, à mon sens, renferme les plus belles choses. Quoi de plus vrai et de plus naturel que cette tête de Sénèque, que ce Mercure au repos, qu'on croit voir respirer ; que ce faune ivre jouant des castagnettes et chancelant sur son siège ; que cet hermaphrodite qui, par derrière, à le corps d'une femme et, par devant celui d'un homme ! que cet Hercule enfant aux prises avec deux serpents ! qu'il y a encore d'autres beaux bronzes dans cette salle ! une statue d'Auguste en Jupiter, une tête de cheval monstre et puis une masse de petits dieux lares, de Silènes, de Mercures, de Bacchus. On nous a montré une espèce de tube en bronze, ayant la forme d'un T, et dont l'intérieur, fermé par la lave, renferme encore de l'eau qu'on entend résonner sur ses parois, quand on remue cette espèce de vase. — Une énorme chaudière en bronze servant à la cuisson des aliments des soldats de Pompéia, etc., etc. Au fond de cette salle, les momies au nombre de six ou sept, assez bien conservées, quelques-unes entourées de leurs bandelettes et les autres mises à nu. Nous entrons ensuite dans la salle des marbres qui renferme de bien belles statues et inscriptions, entre autres l'Hercule Farnèse en marbre blanc, magnifique statue de Slycon deux fois aussi grande que nature ; puis, le taureau Farnèse, énorme bloc de marbre blanc, dans lequel on a taillé de grandeur naturelle toute une scène historique. Une femme qui devait être traînée par un taureau sauvage est délivrée par ses frères. Ce groupe a été restauré par Michel-Ange.

Nous passons après au premier étage dans lequel se trouvent une vingtaine de salles de tableaux des divers écoles, puis toutes les choses les plus curieuses de Pompéia. La salle des bijoux de Pompéia riche en camées, bagues, bracelets, anneaux et épingles d'or, colliers, boucles d'oreilles, monnaies antiques. Un magnifique camée en onyx ayant la forme et la dimension d'une assiette est taillé sur les deux faces. C'est le plus beau camée du monde. Puis mille choses de la vie commune, desséchées, momifiées parfaitement conservées malgré leur 1800 ans : des œufs, du pain rond sur lequel on aperçoit la marque du boulanger, des figues, des dattes, des prunes, du blé, du seigle, des pêches, des vases renfermant encore du vin et de l'huile, du raisin, du linge, du fil, mille objets de toilette, du fard pour la peau, des couleurs pour la peinture, des miroirs en métal, des aiguilles, de l'encre, etc., etc.

La salle des poteries de Pompéia renferme toutes les poteries les plus curieuses qui y ont été trouvées, des assiettes, des bols, des cuillères, des fourchettes, des couteaux, des plats pour servir les œufs, dans lesquels sont soudés des coquetiers, etc., etc., etc. Cette salle renferme un magnifique coffret en vermeil ciselé, sur chacune des faces desquel est incrusté un camée en cristal de roche sculpté par Michel-Ange ; puis une assiette en verre des différentes couleurs, des lampes, etc., etc.

La salle des papyrus, qui ont donné tant de fil à retordre à nos savants, et que cependant on est parvenu à dérouler et à déchiffrer en partie. Ils sont noirs et brûlés, et il a fallu bien de la patience pour arriver au résultat que l'on a obtenu.

La salle des petits bronzes et ustensiles de cuisine renfermant des candélabres, des poêles à frire, des moules à pâtisserie représentant un lièvre, un poisson, des bouilloires, des marmites, des lampes dont une est supportée par quatre chaînes aussi souples que de la ficelle et admirablement travaillées, plusieurs petites statues et dieux lares, des armes et armures romaines, casques, cuirasses, brassards, lances, épées, haches, un fourreau entier comme ceux que nous avons aujourd'hui, etc., etc.

La salle des vases étrusques, dont plusieurs sont de dimensions colossales, etc. etc.

On passerait des semaines entières dans ce musée, et l'on aurait encore quelque chose à y voir. Tout ce qu'on y respire est artistique. Rien de banal.

En quittant le musée, nous flânons un peu en ville. Naples (ancienne Parthénope) n'a de bien que ses quais, sa rue de Tolède, la Chiaïa, la villa Reale, et la place de la Chiesa de San Francesco de Paolo (église de Saint-François de Paule) ou place du Gouvernement. Le reste n'est la plupart du temps, et surtout au-dessus de la rue de Tolède, qu'un dédale de rues sombres, sales, étroites, tortueuses, très inclinées et n'offrant rien de curieux à voir. La rue de Tolède, que nous prenons en quittant le musée, est une très belle rue, large, tirée au cordeau, bordée de beaux trottoirs et de maisons élevées. C'est la rue des beaux magasins, presque tous français du reste. C'est la promenade des flaneurs et des étrangers, le rendez-vous des filous et des agents de police. Elle renferme plusieurs belles églises que nous visitons : l'église de Saint-Nicolas et l'église des Jésuites. Cette dernière surtout est de toute beauté et d'une richesse et d'une magnificence sans égale. Ce n'est partout que dorures, marbres, jaspes, etc. A l'extrémité de la rue de Tolède, nous tombons sur la place du Gouvernement. Cette place de forme demi-circulaire est le plus bel endroit de la ville. D'un côté se trouve le palais du roi, vaste bâtiment ressemblant aux Tuileries et auquel est adossé le théâtre de San Carlo. Vis-à-vis le palais du roi, la place forme une demi-lune, bordée d'une galerie à colonnades au milieu de laquelle se trouve la belle église de San Francisco de Paolo. C'est l'église du roi. De cette place sur laquelle sont encore deux belles statues équestres en bronze (copies de celles en marbre du musée), nous rentrons de nouveau dans la rue de Tolède, et, vers son milieu, nous prenons à gauche, afin de chercher la chapelle de San Severo, qui renferme, nous a-t-on dit, plusieurs belles statues. Nous passons devant les églises de Sainte-Claire et de San Severino que nous visitons. L'église de Sainte-Claire est très belle, et renferme près du chœur à droite les tombeaux du roi Robert et de sa femme, la trop célèbre Jeanne de Naples. Après bien des recherches, bien des tours et des détours, bien des demandes et des questions, nous arrivons enfin, conduits par un mendiant, dans une petite rue étroite et sombre, dans laquelle se trouve cette chapelle de San Severo. La clef est demandée à un cordonnier qui demeure au haut de la rue. La pluie ne nous a pas quittés pendant toutes ces courses, mais grâce au caoutchouc et au caban, nous ne sommes pas tout à fait traversés. L'extérieur de la chapelle de San Severo n'a rien de l'extérieur d'une chapelle. Nous entrons par une porte basse et nous nous trouvons dans une petite église sombre et garnie, dans tout son pourtour, d'échafaudages en planches, car elle est en réparation. Aussi ne pouvons-nous guère juger de ses décors, qui nous semblent cependant d'une grande richesse. Cette chapelle, qui porte indifféremment le nom de Sainte-Maria de la Pieta ou de chapelle de San Severo, est la propriété particulière, d'après le dire de notre cordonnier, du prince Severo. Elle renferme trois statues magnifiques en marbre blanc, de grandeur naturelle. La première, qui se trouve à droite en entrant, au bas de la nef, représente le Christ couché sur des coussins dans son linceul. Elle est de Canova. C'est un chef-d'œuvre. On distingue, sous les plis de l'étoffe en marbre, la figure et le corps du Christ, qu'on croit voir à travers une légère mousseline. C'est admirable. Les deux autres statues sont placées dans des niches, de chaque côté du chœur. Celle de droite représente l'Illusion démasquée par un ange. Un ange soulève un filet dont un homme est enveloppé. Ce filet et ces deux statues sont du même morceau de marbre. Celle de gauche représente la Pudeur, voilée d'une légère gaze, à travers laquelle se distingue tous ses traits qui sont ceux d'une princesse de la famille Severo. Ces deux statues, de même que celle du Christ, sont des chefs-d'œuvre. On sent vivre la princesse sous sa gaze de marbre. On touche le filet de l'Illusion pour s'assurer que c'est bien de la pierre et non un filet en cordes blanches. Certes, en voyant ces belles choses, nous ne regrettons pas la peine

que nous avons eue à trouver cette chapelle, et nous oublions que nous venons de pa-
tauger pendant deux heures dans la boue et sous une pluie diluvienne. Quand le ciseau
du maître laisse tant de vérité sur la pierre, où il a passé, on est saisi d'une profonde
admiration pour un si grand talent et on ne trouve ni fou ni prodigue cet Anglais mil-
lionnaire qui offrait d'acheter ces chefs-d'œuvre leur poids de guinées d'or. Quel dom-
mage que le crépuscule qui s'avance et que le peu de jour qui donne dans cet endroit
nous empêche de jouir pleinement de ces admirables choses ! Il y a encore à gauche de
l'autel une ronde-bosse qui représente, je crois, le prince Severo ou un de ses ancêtres.
Une longue inscription latine est placée au-dessous.

Nous quittons cette chapelle à cinq heures quinze et comme la nuit s'approche, et
que nous n'avons plus assez de jour pour continuer nos excursions de touriste, nous
rentrons dans la vie positive, et nous nous dirigeons vers la rue de Tolède pour y chercher un restaurant. Nous n'avons pris ce matin pour tout déjeuner qu'une petite tasse
de café au lait. Nous sommes donc à peu près à jeun depuis hier, et notre appétit ayant
été assez vivement aiguisé par nos nombreuses courses, nous nous promettons bien de
faire grand honneur à la cuisine napolitaine. Au restaurant de *la Corona di Ferro* où
nous entrons (rue de Tolède, n° 241 au 1er), nous nous trouvons dans une salle disposée
comme celle de nos bons restaurants de France. Nous avalons quelques douzaines
d'huîtres très fraîches, mais un peu salées, et arrosées d'un vin ordinaire du pays,
rouge, sucré, épais fort en couleur et, en somme, d'un assez mauvais goût. Nous dévo-
rons un bifteck assez tendre, un merlan pas trop mal cuit, et sortons enfin gonflés,
bondés, boursouflés et assez contents, mais avec le gousset pas mal aplati.

Nous descendons la rue de Tolède (cette diable de pluie tombe toujours), et après
nous être fait bichonner chez un coiffeur français, nous entrons au café du Commerce
qui se trouve au coin de la rue de Tolède et de la place du Gouvernement pour y prendre
une tasse de café, en attendant sept heures et demie, heure de l'ouverture du théâtre
San Carlo, car nous voulons bien terminer une journée aussi bien commencée et ne
revenir à bord que le plus tard possible. Ce café du Commerce, qui est le plus beau de
Naples, n'a rien d'extraordinaire. A peine peut-on le comparer à un café de second
ordre en France. Nous nous emparons d'un journal des spectacles, et tout en savourant
notre moka, nous passons en revue le programme du jour. Naples possède plusieurs
théâtres, mais quelques-uns seulement méritent d'être nommés. D'abord, en première
ligne, le théâtre de San Carlo, puis le théâtre del Fondo : c'est le deuxième théâtre de
Naples. La Ristori de retour de son long séjour à Paris y est couverte tous les soirs de
nombreux applaudissements. Le théâtre de Fiorentini, où l'on joue le drame et la co-
médie. Le théâtre *Nuovo* où l'on joue l'opéra, l'opéra-comique, le drame, le vaudeville,
etc. Enfin un cirque, où une Française, Clémentine Soulier, fait fureur. La salle del
Fondo est, nous dit-on, presque aussi belle que celle de San Carlo. Quant aux autres
théâtres, ce sont de petites salles de petites villes de province de France.

San Carlo, où nous passons notre soirée, de sept heures trente à onze heures, est
une magnifique salle de vaste dimension et bien décorée. Le parterre *platea* est com-

posé d'une trentaine de files de cinquante fauteuils chaque, tous numérotés, et tout le tour de la salle n'est que loges semblables jusqu'au 5e étage. Ces loges sont assez mal éclairées, et l'usage du binocle est indispensable. La loge du roi, qui se trouve au milieu des premières, est ornée d'un grand baldaquin surmonté d'une immense couronne royale dorée, de laquelle descendent deux grands rideaux rouges à fleurs de lys d'or, ayant pour patères deux cariatides dorées. Les loges se garnissent peu à peu de belles et riches toilettes, mais aucune figure ne vaut la peine d'être citée. Le sang napolitain n'est généralement pas beau chez les femmes. Leurs figures n'ont rien de régulier et sont plutôt laides que belles. Quelle distance entre les grands yeux noirs de l'Espagnole et les petits yeux perçants de la Napolitaine! Ces dernières n'ont pour elles que les mains et la blancheur de la peau. Quelques femmes sont au parterre. C'est reçu ici.

La toile se lève. Nous avons d'abord un opéra italien; l'orchestre est aussi nombreux que celui de l'Opéra à Paris. Les décors sont bien, mais les acteurs sont loin d'atteindre nos premiers sujets de Paris. Il est vrai que le premier ténor manque : il est malade, et son rôle a été supprimé; les acteurs qui jouent en ce moment ne sont peut être que des doublures. La première chanteuse a une jolie voix assez étendue, mais un peu faible dans les notes élevées. Après l'opéra nous avons un ballet fantastique en quatre parties et sept tableaux qui fait en ce moment fureur à Naples. C'est *Oronos*, et il mérite bien sa réputation. C'est une féerie qui certes serait fortement applaudie à Paris. Quels beaux décors, surtout celui de la grotte enchantée de la deuxième scène de la troisième partie ! Cette grotte en stalactites ruisselantes d'or et de clinquant est d'un effet surprenant. Puis, quelle belle musique d'un bout à l'autre ! Certains airs charmants sont parfaitement rendus par le bon orchestre de San Carlo, si bien conduit. Certaines figures du ballet sont charmantes. Nous avons surtout remarqué la grande polka-galop de la troisième partie, et le grand ballet final; puis, au-dessus de tout cela, il y a le premier danseur anglais Walpot, admirable dans le rôle de Rutiwen, et la première danseuse, Mlle Levasseur, une Française charmante de grâce et de légèreté. Ils sont tous deux accueillis par des tonnerres d'applaudissements et surtout Walpot qui, dans le pas de deux de la deuxième partie, fait un tour de force surprenant couvert de tant d'applaudissements que la salle en est ébranlée. Il prend son élan d'une des extrémités supérieures de la scène et s'élance par bonds successifs jusqu'à l'extrémité opposée, en joignant les deux semelles de ses chaussons l'une à l'autre, tout le temps qu'il reste en l'air et gardant longtemps la position presque horizontale ; je n'ai rien vu d'aussi bien. Il y a encore Costa qui, dans le rôle d'Urut, est d'une légèreté et d'une mimisme sans égal. J'ai remarqué qu'on ne sifflait jamais au théâtre San Carlo. Le parterre, qui là, comme partout, sert de règle, lance seulement, quand il est mécontent, un psitt prolongé qui vaut bien mieux, je trouve, que nos sifflets discordants des parterres de France. On joue maintenant *Oronos* tous les soirs; et tous les soirs la salle est pleine et tous les soirs il est applaudi par tous. Levasseur, Walpot et Costa ont été bissés et rappelés. Ils le méritaient bien. Nous avons assisté à la seconde représentation de ce ballet qui est tout nouveau.

Nous sortons de San Carlo. Voilà notre journée terminée; mais nous l'avons bien

12.

employée. Pas une minute n'a été perdue. Aussi nous acheminons-nous gaîment vers le
quai à onze heures trente, et nous nous embarquons sur une barquette (on en trouve
à toute heure) en causant des impressions que cette journée nous a laissées et que je
trace bien rapidement aujourd'hui sur le papier.

S'il me fallait dire toutes les douces sensations, toutes les chaudes émotions qu'elle
m'a données, tout le plaisir qu'elle m'a procuré, j'écrirais des volumes et je serais
encore bien au-dessous de la réalité. Quelle journée agréable. — Que n'étiez-vous avec
moi dans toutes ces courses, chers parents ! Combien toutes ces belles choses m'auraient
semblé plus belles encore !... Mon Dieu ! quand je suis heureux, quand j'éprouve
quelque plaisir, il me semble toujours que je vous en vole la moitié !...

LUNDI 26 JANVIER 1857. — ... Nous avons toujours très mauvais temps, pluie
continuelle, grains et orages fréquents pendant la nuit. Comme c'est aujourd'hui mon
tour de descendre à terre et que j'ai encore bien des choses à voir à Naples, je quitte le
bord à onze heures du matin avec le maître mécanicien Alix, le premier maître canonnier Laure et le maître forgeron Gensollen. Nous descendons à terre par le canot
major et nous nous acheminons de suite vers le musée que je n'ai visité qu'incomplé-
tement la première fois et que je ne suis pas fâché de voir une seconde. Qu'ils sont donc
assommants ces gardiens du musée ! Chaque salle est fermée par une grille et ces
brigands-là ne veulent pas vous ouvrir une de ces portes (qui sont ordinairement
ouvertes, mais qu'ils ont bien soin de fermer à clef aussitôt qu'ils vous voient se diriger
vers eux) sans vous tendre la main. Or, comme il n'y a pas mal de salles, si l'on récom-
pense chaque gardien, la promenade coûte bientôt pas mal cher, d'autant plus qu'ils
sont assez bien mis et qu'en définitive on n'ose pas leur donner quelques sous ; et ces
scélérats-là vous suivent et ne se gênent pas pour vous rappeler votre oubli souvent
volontaire. Quel tas de mendiants que ces Napolitains !

En sortant du musée, une petite discussion s'élève entre nous sur l'emploi de notre
journée. L'un veut aller à Sainte-Lucie, acheter des statuettes en terre cuite ; un autre
veut visiter le cimetière *Campo Santo*, qu'on dit très beau, le troisième ne veut aller
nulle part ; et moi, enfin, j'opine pour diriger nos pas vers la fameuse grotte de Pausilippe, le tombeau de Virgile, etc., enfin les choses les plus curieuses dont j'ai entendu
parler et qui valent réellement la peine d'être vues. Mais j'ai affaire à des individus qui
sont loin d'avoir le même goût que moi sous ce rapport. Allez donc parler du tombeau
de Virgile à un maître forgeron ! il se moque pas mal de Virgile, lui. Les monuments
antiques lui semblent tout au plus un amas informe de vieux moëllons, et il préférerait
s'arrêter deux heures devant une parade de saltimbanques ou un avaleur de sabres,
plutôt que de faire deux pas pour voir Pompéia. Belle chose que Pompéia, vous dira-
t-il ; une ville en ruines, des maisons sans toits ! eh ! je vois tous les jours des maisons
démolies à Toulon ! Il ne voit dans toutes ces ruines que de vieux murs écroulés !
pauvre homme qui ne se doute pas de toute la poésie qui les couronne, des mille pensées que leur vue suggère à l'imagination, des souvenirs qu'elle évoque, des larmes de
regret qu'elle fait quelquefois couler.

Pourtant j'aurai raison ; ils sont trois contre moi, et tous trois, Provençaux, c'est-à-dire d'avance totalement opposés aux idées que j'émets moi Breton ; mais ils n'ont pas beaucoup d'esprit et, avec un peu de finesse, je les embarque tous les trois dans une voiture où je monte moi-même et nous filons vers la grotte de Pausilippe.

Mais, me direz-vous, pourquoi ne pas y aller seul ou pourquoi avoir choisi de tels compagnons ? Eh ! certes, si j'avais eu le choix je ne me serais pas collé à eux. Quant à aller seul, cela me sourit très peu. Pourtant j'eusse mieux fait d'agir ainsi dès mon débarquement ; mais maintenant il est trop tard, il faut avaler la pilule et jouer avec eux au plus fin, afin de les amener à faire ce que je désire.

Notre cocher, après nous avoir fait passer dans plusieurs rues assez étroites, nous conduit sur la Chiaja, à l'extrémité de laquelle se trouve la grotte de Pausilippe. La Chiaja est une longue rue, ou plutôt une longue rangée de maisons qui, commençant au château de l'Œuf où se termine le quartier de Sainte-Lucie, va finir au faubourg de Pausilippe. Entre cette rue et le bord de la mer, se trouve une belle promenade, plantée d'arbres, et ornée de jets d'eau et de statues en marbre. Cette promenade est fermée du côté de la mer par un rideau d'arbres très épais, et du côté de la Chiaja, par une longue grille en fer : elle porte le nom de *Villa Reale*. Naples aristocratique se promène à pied dans la Villa Reale et en voiture sur la Chiaja. Il faut voir par une belle après-midi, de trois à cinq heures, les longues files d'équipages qui viennent animer ce quartier et rappeler nos Champs-Elysées. Au commencement de la Chiaja, se trouvent les principaux hôtels de Naples, hôtels grandioses et princiers, un seul d'entre eux, le principal du reste, hôtel Vittoria, occupe à lui seul tout un pâté de maisons.

La grotte de Pausilippe, à laquelle nous arrivons après avoir traversé la Chiaja, est d'une construction très ancienne. Elle fut creusée dans la montagne de Pausilippe par les Romains afin d'éviter la difficile ascension que nécessitent ses flancs à pic ; ascension inévitable pour passer de l'autre côté, parce que cette montagne va se joindre à plusieurs autres dans l'intérieur. La grotte de Pausilippe, de forme ogivale, peut avoir quarante pieds de large sur cent de hauteur, et mille pas de longueur. Elle est creusée dans un espèce de tuf assez dur, traverse la montagne, est éclairée par soixante-quatre réverbères et pavée en lave. Malgré son éclairage continuel, il y fait très sombre. Elle possède cependant quelques soupiraux supérieurs qui l'éclairent aussi. C'est le seul passage pour sortir de Naples du côté Nord et il est très fréquenté. Cette grotte n'a pour elle que son antiquité, car aujourd'hui nos chemins de fer ont nécessité des travaux aussi grandioses et qui offraient même bien plus de difficultés. A l'entrée se trouvent plusieurs couloirs latéraux et au milieu, une petite grotte latérale érigée en chapelle.

A notre sortie de la grotte, un guide se présente à nous en nous offrant de nous conduire au tombeau de Virgile ou à la grotte du Chien. J'eus beau déployer toutes les ressources de mon imagination pour amener mes compagnons à suivre ce guide, je n'y pus réussir, et force me fut de remonter avec eux en voiture pour revenir vers Naples. Le tombeau de Virgile se trouve à mi-côte de la montagne de Pausilippe du côté de Naples ; le guide croyant avoir plus de chances de réussite en nous proposant l'ascension du côté de Naples, monta sur le siège avec le cocher ; mais sa peine fut perdue ; car à notre sortie de la grotte de Pausilippe, dans laquelle nous étions entrés de nouveau pour revenir à Naples, je n'eus pas plus de chance qu'à l'autre extrémité et de mauvaise humeur d'avoir fait, pour ainsi dire, une course inutile, je me renonçai dans les coussins de la voiture en maugréant surtout après le maître forgeron qui, tout rayonnant, criait au cocher : à Sainte-Lucie ! pendant que les autres m'argumentaient une foule de raisons qu'ils trouvaient peut-être fort bonnes mais qu'à coup sûr je trouvais fort mauvaises.

Sainte-Lucie est le quartier compris au bord de la mer entre la Chiaja et la place du Gouvernement. C'est le marché aux coquillages et aux poissons. C'est le quartier des marchands de corail, de camées, de statuettes, etc. Nous y fîmes arrêter notre voiture que nous renvoyâmes ; et pendant que le maître forgeron entre dans plusieurs magasins pour y faire ses achats de statuettes en terre cuite, je m'avance vers les étalages des marchands d'huîtres et de moules, où j'aperçois une assez grande quantité de coquilles vidées et nettoyées. Je suis de suite entouré d'une vingtaine de gamins et de mendiants. Un pêcheur m'entraîne vers son échoppe en plein vent, et il me sort d'un grand bahut une quarantaine de boîtes de coquilles en partie roulées, mais parmi lesquelles je fais cependant un choix de huit ou dix assez bonnes. Le pêcheur, auquel toutes ces mauvaises coquilles appartiennent, n'a-t-il pas le sang-froid de me demander cinq francs des quelques-unes que j'avais mises de côté et qui valent cinquante centimes ? Je lui abandonne toutes ses coquilles et, malgré ses offres de diminution de prix, je le laisse ramasser toutes ses boîtes et je vais rejoindre les autres maîtres qui n'ont trouvé aucune statuette comme ils en désiraient. A Sainte-Lucie, on ne vend guère que des statuettes en terre cuite reproduisant les anciennes statues telles que Apollon, Vénus, etc., tandis que les statues que désirent ces messieurs représentent des costumes divers de l'Italie, des mendiants, des lazzaroni, etc. J'en ai vu depuis à bord : elles sont peintes et généralement assez bien faites. Elles valent en moyenne cinq francs. Si ce n'était pas aussi fragile, j'en aurais bien acheté, mais comment transporter cela à Nantes ?

Nous revenons à petits pas vers la place du Gouvernement, où nous arrivons après avoir passé vis-à-vis de la caserne de la Marine, près de laquelle se trouve le parc de l'artillerie. Sur la place du Gouvernement, nous entrons dans l'église du roi (*Chiesa de San Francisco de Paolo*). Cette église, quoique petite et d'un goût assez sévère, vaut la peine d'être vue pour sa richesse. Elle est toute en marbre et or. Elle se compose d'une coupole supportée par une vingtaine de colonnes massives en beau marbre vert. L'autel et les hauts sont en marbre blanc. Les fûts des colonnes, la galerie qui règne au-dessus et les ornements de l'autel sont dorés. Les statues des quatre évangélistes sont placées dans des niches creusées dans le pourtour de l'église. Le pavé de l'église est une énorme mosaïque en marbres de différentes couleurs, formant une belle rosace enrichie d'arabesques. En contre-bas de l'église, deux petites chapelles latérales. Ai-je parlé déjà des ex-voto ? Non, je crois. C'est chose commune à Naples ; les églises en renferment en quantité. Les statues sont couvertes de cœurs, de croix, de bijoux. Puis, auprès de celle-ci qui est réputée miraculeuse, vous voyez pendus à la muraille des 100, 200, 300 moules en cire de bras, mains, pieds, jambes, seins, yeux, nez, oreilles, etc., etc. Ces moules sont le modèle de la partie malade que la madone est priée de guérir. La maladie y est quelquefois même dessinée. Puis encore, auprès de tout cela, des petits tableaux horriblement mal faits, représentant des apparitions de la Vierge, la résurrection d'une jeune fille morte, le retour d'un malade à la santé par l'intervention divine, etc., tableaux signés de ceux qui ont vu la sainte Vierge, qui sont revenus à la vie, à la santé, etc. Le peuple napolitain est essentiellement superstitieux. Il est vrai que le clergé domine à Naples. Je n'ai jamais vu de ville renfermant autant de prêtres, d'abbés, de moines d'ordres différents ; on ne peut pas faire un pas sans en rencontrer et presque tous frais, roses, jeunes, coquets et jouissant d'une liberté qu'on est loin d'accorder à nos ecclésiastiques français. Aussi ont-ils la réputation d'être généralement autre chose que ce qu'ils devraient être.

En sortant de l'église de San Francisco de Paolo et après une discussion dans laquelle cette fois je finis par l'emporter, nous nous embarquons tous les quatre dans deux corricolo et nous nous faisons conduire à la cathédrale *(Chiesa San Gennaro)* ou église Saint-Janvier (patron de Naples). Nous y arrivons après une course assez longue car elle est située du côté de la gare du chemin de fer de Pompéïa, et est assez éloignée du centre de la ville. Cette cathédrale est vaste et richement ornée de marbres, dorures et sculptures ; elle renferme aussi beaucoup de belles statues et plusieurs bons tableaux. Comme nous entrons dans cette église, un tout jeune prêtre s'approche de nous et nous offre, en bon français, de nous accompagner dans l'église et de nous décrire tout ce qu'elle renferme. Cette offre que nous acceptons est cause d'une petite altercation entre lui et le bedeau qui se voit ainsi frustré de la pièce qu'il nous aurait sûrement demandée et que nous n'aurions pu faire autrement que de lui donner. L'église de San Gennaro renferme dans un caveau, placé sous le maître-autel, les reliques de saint Janvier et deux fioles contenant son sang figé. Ce sang miraculeux se liquéfie tous les ans à la même époque et au même instant la liquéfaction s'opère aussi sur une pierre tachée du même sang qui est conservée au couvent de Capochino (des capucins) à Pouzzoles. Le jour où cette liquéfaction a lieu est une grande fête pour les Napolitains. Pas un d'entre eux ne doute du miracle. Il est trop tard pour entrer dans le caveau qui n'est ouvert que dans la matinée. Le prêtre qui nous accompagne nous fait ensuite visiter les appartements du cardinal qui sont contigus à l'église et n'offrent rien de bien curieux. Et regardez un peu jusqu'où va la mendicité à Naples : au moment de nous quitter, ce prêtre ne nous tend-il pas la main pour obtenir de nous non pas une aumône pour les pauvres ou pour l'église, mais bien pour lui !... Ainsi nous étions tombés de Charybde en Scylla et en croyant éviter un écueil nous nous étions jetés dans le gouffre, car certes nous aurions renvoyé le bedeau avec quelques grani, tandis qu'à ce prêtre nous ne pouvions faire moins que de lui donner un ou deux carlins. Je m'explique bien maintenant l'altercation qui existait entre le bedeau et lui, quand il voulut nous accompagner à notre entrée dans l'église : deux loups qui se disputaient leur proie.

En sortant de San Gennaro, nous nous acheminons à pied vers la rue de Tolède. Chemin faisant, nous passons près des églises de Saint-Paul-Majeur et de la Sainte-Croix que nous visitons et qui sont, comme du reste la plupart des églises de Naples, très riches et très bien décorées.

Dans la rue de Tolède, nous entrons au premier restaurant venu (restaurant de la Grande-Bretagne) ; mais notre bonne étoile nous a guidés. D'abord l'établissement n'a pas l'air fort confortable, ensuite un seul garçon court de table en table pour servir tout le monde ; et, comme il est peu dégourdi, au bout d'un quart d'heure nous n'avons pas même encore une carafe d'eau. De plus on n'y parle pas français et nous ne pouvons faire comprendre les mets que nous désirons avoir. Aussi levons-nous le siège et, malgré les réclamations du maître d'hôtel qui veut à toute force nous garder, et d'un pêcheur qui nous fait comprendre qu'il vient d'apporter les huîtres que nous avons demandées, nous nous acheminons vers le restaurant de la Couronne-de-Fer, où j'ai déjà dîné avec le commis aux vivres Frémy. Le maître d'hôtel du premier restaurant a bien été obligé de nous laisser partir ; mais le pêcheur, malgré que nous ne l'en ayons pas prié et voyant quelques bonnes douzaines d'huîtres à vendre, nous accompagne à la Couronne-de-Fer, ses paniers sur la tête, monte avec nous et nous sert les huîtres que nous avions demandées dans le premier restaurant.

Notre soirée ne pouvait finir autrement que par le théâtre. Nous allons à San Carlo où il y a une représentation extraordinaire. On y donne un opéra italien et le ballet fantastique d'*Oronos* que j'ai déjà vu, mais que je revois encore avec plaisir, et qui est comme la première fois applaudi à outrance.

Voilà ma seconde journée passée à Naples. Elle a été bien moins riche en impressions agréables que la première, grâce à mes compagnons de voyage ; et par moments je me prends à la regretter et à la considérer comme perdue. En rentrant à bord, je me promets bien, mais un peu tard, que désormais j'irais seul faire mes excursions plutôt que de me joindre encore à eux.

JEUDI 29 JANVIER 1857. — ... Le beau temps semble vouloir revenir, les grains sont plus rares ; la mer aussi s'embellit. Aujourd'hui j'ai projeté avec Joly, notre sergent d'armes, une longue promenade. Quelques mots sur ce jeune homme avec lequel je me suis lié et qui est celui avec lequel je suis le plus intime à bord de l'*Isly*. Joly est lorientais, engagé volontaire pour sept ans dans la marine ; c'est un charmant garçon, très zélé pour son service, ce qui lui a valu une proposition pour le grade de capitaine d'armes au 1er janvier. Il a beaucoup de tact, ce qui chez lui supplée à l'éducation que la position de sa famille n'a pu lui donner. Il est peu instruit mais très intelligent. Il a très bon cœur, beaucoup de générosité, beaucoup de courage et mérite à tous égards l'amitié que je lui témoigne. J'aime à me trouver avec lui, parce que sa conversation quoique peu lucrative me fait au moins oublier le langage grossier des grossiers personnages avec lesquels je suis forcé de vivre et dont je prends peu à peu le langage malgré moi. Aussi vient-il souvent dans ma chambre causer quelques instants avec moi quand je suis libre, et c'est toujours avec un nouveau plaisir que je le reçois. Il est un peu susceptible et se froisse facilement d'un manque de savoir-vivre. Joly a 27 ans, ma taille, figure assez ordinaire, forte barbe châtain tirant sur le roux, cheveux bruns, les lèvres grosses, l'inférieure avançant un peu trop, la bouche très grande, le nez un peu gros, de beaux yeux bien garnis de cils. Il est coquet et très soigneux de sa personne. Et maintenant que je vous ai dépeint Victor Joly, revenons à notre promenade.

Nous descendons à terre par le canot major à onze heures du matin et nous nous dirigeons immédiatement vers la place du Gouvernement. Chemin faisant, nous nous décidons à prendre pour but de promenade la visite du tombeau de Virgile. Je tiens beaucoup à voir ce monument et Joly, qui n'a encore rien vu de Naples, mais qui désire beaucoup comme moi visiter les choses curieuses et antiques avant les modernes, me laisse parfaitement libre de le diriger dans notre excursion. De la place du Gouvernement nous descendons à Sainte-Lucie et de là nous arrivons ensuite à la Chiaja. Comme nous sommes à pied, nous en profitons pour visiter la promenade de la Villa Reale qui du reste est le plus court chemin que nous puissions prendre pour arriver à la grotte de Pausilippe où se trouve le tombeau de Virgile. Cette belle promenade de la Villa Reale longe la Chiaja : elle peut avoir un bon quart de lieue de long sur 250 mètres de largeur, elle longe la mer, une longue grille en fer la sépare de la Chiaja et, du côté opposé, un rideau d'arbres très épais et taillés en berceau la ferme et l'abrite de la mer. Les contre-allées de cette promenade sont sablées et serpentent autour de bosquets touffus de lauriers, de citronniers et d'amandiers. L'allée principale, percée en ligne droite et d'une grande largeur, est bordée de groupes en marbre parmi lesquels nous remarquons l'*Enlèvement de Proserpine aux enfers, Hercule* étouffant je ne sais qui, le *Gladiateur mourant,* des paons, des satyres, des dieux termes, Cérès, Cybèle, etc., etc. Quelques-unes de ces statues sont d'une assez bonne exécution, mais plusieurs d'entre elles sont assez médiocres. Au milieu de la longueur de la grande allée se trouve un bassin en pierre avec jet d'eau, rocailles, dauphins, roseaux, nénuphars, etc. Un peu plus loin, une éclaircie dans les bosquets laisse apercevoir la mer qui vient battre au pied d'un parapet en demi-lune duquel on aperçoit la montagne de Pausilippe et la baie de Naples formée au large des îles de Procida, d'Ischia et de Caprée. Près de là se trouvent deux bustes en marbre sur piédestaux recouverts de petits dômes entourés de colonnades et ombragés d'acacias et de lauriers. De distance en distance sont placés des factionnaires relevant de postes établis aux deux principales entrées de cette promenade qui est interdite à la blouse et au peuple. En été l'air doit y être embaumé par les parfums délicieux que dégagent les fleurs des parterres et la fraîcheur des sentiers ombragés ne peut qu'y attirer une foule de promeneurs.

En quittant cette jolie promenade, nous nous dirigeons vers la grotte de Pausilippe que nous traversons, et à la sortie de laquelle nous nous trouvons nez à nez avec le cicérone qui voulait nous conduire lundi au tombeau de Virgile. Comme notre bourse est assez plate et que nous voulons la ménager le plus possible, nous repoussons ses offres, d'autant plus que nous pouvons très bien nous passer de lui. Avec la langue on trouve toujours son chemin ; mais le mâtin, content d'avoir trouvé sa proie, ne veut plus la lâcher et, malgré l'assurance que nous lui donnons que nous n'avons aucune intention de monter au tombeau de Virgile, il se met à nous suivre et il nous force ainsi, pour le dérouter, à prendre une route qui s'offre à notre vue sur notre droite. Au bout d'un quart d'heure de marche, pendant lequel il ne cesse de nous tourmenter pour nous conduire, il nous quitte enfin, non pas sans oublier de nous demander quelque chose pour nous avoir accompagnés jusque-là, comme si nous l'avions engagé à nous suivre. Pour qu'il ne lui prenne pas fantaisie de revenir à la charge, nous continuons encore pendant quelque temps la route que nous avons prise. Nous sommes au milieu de sites charmants : à notre gauche, de vastes champs de vigne et de luzerne et, à droite, la montagne de Pausilippe, couverte d'arbres et de verdure, et sur laquelle se trouve le village du même nom. Après avoir perdu de vue notre guide, nous nous décidons à gravir la montagne que nous avons à franchir pour arriver au tombeau de Virgile qui se trouve sur le versant opposé. Un petit sentier dans le lit desséché d'un torrent est suivi par nous pendant un certain temps, mais nous le perdons bientôt et alors nous voilà tous les deux grimpant comme deux singes sur les flancs à pic de la montagne pour couper au plus court. Nous avons choisi le plus mauvais endroit et au bout de vingt minutes d'ascension nous nous arrêtons tous les deux sans trop savoir ce que nous devons faire. Devant nous, l'inclinaison du terrain change ; elle se rapproche de la verticale et, pour augmenter encore les difficultés de l'ascension, une large roche, plate et lisse, couvre une partie de ce terrain dont elle suit la pente. Joly refuse de monter plus haut : il a les mains écorchées par les ronces auxquelles il a été forcé de s'accrocher ; ses pieds le font souffrir ; et la vue de ce que nous avons encore à faire pour arriver au sommet ne le rassure pas du tout. Il est de fait que c'est assez dangereux. La moindre petite pierre qui roule sous nos pieds peut nous faire dégringoler 5 à 600 pieds plus bas. La plante que nous déracinons en nous accrochant à elle, la branche morte qui se brise entre nos mains, notre sabre qui s'accroche dans nos jambes, un pied qui glisse, un peu de terre qui s'éboule, un rien peut nous faire rouler jusqu'à la route que nous avons quittée et que nous apercevons au-dessous de nous. Nous rions nous-mêmes de la position critique dans laquelle nous sommes engagés ; mais nous n'avons pas trop de temps à perdre.

Un grain de pluie que nous apercevons au large, et qui s'avance rapidement vers nous, nous décide tout à fait. Quoi qu'il en arrive, il faut continuer notre ascension. Quelques plaisanteries réveillent notre amour-propre, la peur d'être mouillés nous donne du courage, nous choisissons d'avance l'endroit qui nous offre le moins de difficultés et *piano, piano,* posant un pied après que l'autre est bien appuyé, nous accrochant tantôt aux anfractuosités de la pierre, tantôt aux ronces, ou à la terre elle-même, nous continuons à gravir la côte où nous nous sommes engagés. Les pierres roulent sous nos pieds ; plus d'une fois, nous nous trouvons suspendus à la branche bien faible d'un arbrisseau ; plus d'une fois, l'équilibre va nous manquer. Nous vacillons au-dessus de l'abîme ; mais, que diable ! nous avons le *pied marin,* nous arriverons à notre but. Encore quelques enjambées et nous nous trouvons sur un petit sentier qui serpente le long de la montagne et nous permet d'arriver au sommet. Quelle vue magnifique ! De cette hauteur, nous dominons toute la partie nord de la baie de Naples. Pouzzoles, la baie de Baya, le séjour des délices des Romains ; puis, au large, les îles qui forment la baie de Naples, Ischia et Procida. Plus près de nous, l'île Nitida, au sommet de laquelle un beau fort montre ses créneaux et ses fenêtres grillées, derrière lesquelles sont enfermés les prisonniers politiques. A nos pieds, de beaux champs de vigne et d'olivier s'étendent jusqu'aux montagnes que nous apercevons à l'horizon. C'est fête aujourd'hui dans le pays et les cris de réjouissance des villages qui sont à nos pieds montent jusqu'à nous. La pluie qui nous avait menacés s'éloigne et nous nous dirigeons vers une vieille construction qui se trouve devant nous et qui devait être autrefois quelque château-fort. Aujourd'hui c'est une métairie. Nous y entrons pour y allumer nos cigares et y boire un peu de lait. Le feu nous est accordé sans difficulté, mais quant au lait, nous ne pouvons en obtenir. De bien belles vaches sont dans l'étable. Nos instances ne peuvent décider les paysannes de la ferme à les traire. Peut-être n'est-ce pas l'heure à laquelle elles ont l'habitude de le faire.

De cette ferme on nous indique le chemin que nous avons à suivre pour nous rendre au tombeau de Virgile. C'est une très belle route qui suit le sommet à dos d'âne de la montagne de Pausilippe jusqu'au village du même nom. Arrivés au village, nous prenons une route à gauche qui descend en zig-zag jusqu'à l'entrée, du côté de Naples, de la grotte de Pausilippe au-dessus de laquelle nous nous trouvons. Ce chemin très long, pavé de dalles volcaniques dans une partie de sa longueur, est probablement d'une construction très ancienne : peut-être même, comme la grotte de Pausilippe, date-t-il des Romains. Nous le quittons à mi-côte devant une petite porte grillée qui donne entrée dans la propriété où se trouve le tombeau. Un gardien porte-clef vient nous accompagner ; on nous montre d'abord plusieurs tombes anglaises, françaises, arabes mêmes qui datent de notre siècle. Ce sont probablement des admirateurs du grand poète latin qui ont voulu être placés près de lui après leur mort. De là nous descendons une trentaine de marches et nous arrivons au tombeau de Virgile. C'est un *columbarium*, c'est-à-dire un petit monument carré, recouvert d'un dôme et percé de deux portes opposées ; dans l'intérieur, huit niches creusées dans les deux faces opposées renfermaient, dans des urnes sépulcrales, les cendres de Virgile et des membres divers de sa famille. Ces urnes n'existent plus aujourd'hui, elles ont été enlevées. Quelques arbrisseaux ombragent le *columbarium* qui est suspendu comme un nid au-dessus d'un précipice. Dans l'intérieur du *columbarium,* une pierre tumulaire en marbre a été placée. Elle porte une inscription latine, indiquant qu'elle a été placée là par un Français, bibliothécaire de la reine Marie-Amélie en 1841. Cette pierre est couverte de noms et de signatures de ceux qui sont comme nous aujourd'hui venus visiter cet endroit. Nous y plaçons aussi les nôtres dans un tout petit coin. De l'autre côté du précipice, au bord duquel se trouve le *columbarium,* le gardien nous montre une fenêtre ogivale creusée dans un rocher à pic inaccessible. Nous croyons comprendre de ses explications que cette petite caverne renfermait aussi et renferme encore quelque chose de Virgile. Près de la porte d'entrée du *columbarium,* une pierre portant une inscription latine est scellée dans le mur : elle date de deux ou trois siècles.

En quittant le *columbarium* qui a renfermé les cendres d'un homme aussi célèbre, nous reprenons la route qui redescend en zig-zag jusqu'au bas de la montagne de Pausilippe. Joly souffre toujours des pieds ; il est très douillet, messire Joly, et depuis

13

que nous sommes à terre, il me tourmente pour que nous prenions une voiture, et cependant nous n'avons pas fait une course très longue ; mais messire Joly est coquet, je l'ai déjà dit ; il veut faire le joli pied, il porte de la chaussure étroite qui le fait horriblement souffrir sitôt qu'il est forcé de marcher un peu. Je ne puis lui refuser plus longtemps ce qu'il me demande et, au bas de la descente, nous nous embarquons dans le premier corricolo venu et nous nous faisons conduire à Sainte-Lucie vis-à-vis le magasin de coraux et de camées de Frederico Cavalieri (Strada S. Lucia a mare, n° 17). Ce marchand vient tous les jours à bord pour y vendre des camées, du corail, des vues du Vésuve à la gouache, des objets en lave taillée, etc. Je lui avais promis de visiter son magasin, et je profite de notre promenade pour cela. On travaille beaucoup le corail à Naples, mais cependant ce n'est pas cette ville qui a le principal monopole de cette industrie. A Naples, on s'occupe plutôt de la lave, de même que Livourne a le corail et Rome les camées antiques. La lave du Vésuve que l'on travaille ici est une pierre homogène, d'un grain très fin et très serré, assez tendre et facile à sculpter. On s'en sert pour divers petits objets, mais surtout des camées très bien faits et d'un fini qui ne laisse rien à désirer. On fait aussi à Naples beaucoup de camées en coquilles. On se sert pour cela du test du casque des mers de l'Inde ; et les artistes savent très bien profiter des diverses teintes que ce test présente dans son épaisseur. Ces coquilles sont plus dures à travailller que la lave et moins dures que la pierre que l'on emploie pour les camées antiques. Les ouvriers de l'atelier que nous visitons, au nombre de quatre ou cinq, se servent de modèles en plâtre copiés sur des antiques. La pierre de lave ou la coquille, dégrossie d'abord à la meule et taillée de la forme et de la dimension du bijou que l'on veut faire, est ensuite collée sur un manche en bois que l'ouvrier tient à la main gauche pour travailler plus facilement. Il l'appuie sur le bord d'un établi et il sculpte de l'autre main avec divers petits outils en bon acier. Le bijou est ensuite poli à la meule d'abord, puis avec de l'huile et de l'émeri par des femmes. Un bon ouvrier gagne de 5 à 6 francs par jour et le prix d'une pierre de lave ou d'une coquille travaillée varie beaucoup. On en trouve depuis le plus bas prix jusqu'à 30 francs. On monte aussi ces bijoux à Naples, mais l'or de Naples est de très mauvaise qualité, d'un titre très faible, et les montures sont fort laides. Le corail est généralement poli aussi par les femmes, on en distingue trois qualités : le rouge, le demi-rosé et le rosé. Ce dernier est d'une valeur à peu près double du premier et, suivant la dimension de la pièce de corail, le bijou atteint quelquefois des prix fabuleux. Le camée en pierre ou camée antique ne se travaille pas à Naples. J'ai dit plus haut que Rome avait le monopole de cette fabrication. Les pierres de lave varient beaucoup de couleur. On en trouve de toutes nuances depuis le blanc jusqu'au noir, de jaunes, de bleues, de vertes, de rougeâtres, etc. Les blanches ont le grain plus grossier et se préparent plus difficilement. Quant aux vues du Vésuve à la gouache, c'est encore un genre tout particulier et qui porte le cachet napolitain. Certaines de ces vues sont assez bien faites et ont du chic : elles sont assez bon marché. On trouve encore à Naples beaucoup de peintures à l'huile pas trop mauvaises et à très bon compte. Dans ce pays-ci tout le monde est artiste et la moitié du peuple est peintre ou sculpteur.

De l'atelier de Cavalieri, nous nous dirigeons vers la place du Gouvernement. Vis-à-vis de la Marine, nous rencontrons le comte de Syracuse, frère du roi. Il est en calèche découverte avec sa femme sans aucune suite. Il conduit lui-même au pas et tout le monde se découvre et s'arrête sur son passage. Il rend assez gracieusement les saluts qui lui sont faits. C'est un homme d'une trentaine d'années, d'une figure assez commune, portant de petites moustaches frisées : il est pékinisé. Un lazzarone qui s'approche de sa voiture pour lui présenter un placet est repoussé assez brutalement par lui. Sa femme est assez jeune et plutôt laide que jolie.

Après être restés quelque temps au Café du Commerce, sur la place du Gouvernement, où nous rencontrons le commandant, nous flanons un peu dans la rue de Tolède. Nous y visitons une ou deux églises que j'ai déjà vues ; puis, la nuit venant et notre bourse étant trop plate pour dîner à terre et y passer la soirée, nous rallions le quai, prenons une barquette et rentrons à bord à sept heures du soir.

LUNDI 2 FÉVRIER 1857. — ... Cavalieri, le marchand de camées, m'a proposé une promenade au lac d'Agnano, à la grotte du Chien, etc. J'ai accepté son offre et je descends à terre à onze heures du matin. C'est aujourd'hui la fête de la Purification et tous les magasins sont fermés à Naples. Il n'est permis qu'aux étrangers de vendre aujourd'hui, et le Napolitain qui chercherait à enfreindre cette loi serait sévèrement puni. Aussi le magasin de Cavalieri est-il fermé, mais je le trouve sur sa porte, où il m'attendait depuis quelque temps. Il fait un très beau temps, point de vent, nous aurons une belle journée. Nous allumons nos cigares et nous nous acheminons vers la villa Reale et la grotte de Pausilippe par où nous devons passer pour nous rendre au lac d'Agnano. Cavalieri parle très bien le français. C'est un bel homme. Il est artiste et a d'assez bonnes manières ; mais ce qui m'amuse beaucoup, c'est sa crainte de la police qui, en ce moment, surveille particulièrement les Napolitains qui fréquentent les Français. On se figure à Naples que nous ne venons stationner sur leur rade que pour les exciter à la révolte, et il est de fait que notre présence donne beaucoup de courage aux révolutionnaires qui se sont mis en tête que nous les appuierons dans leurs démonstrations hostiles au gouvernement et que nous les défendrons contre lui. Et comme le gouvernement du roi n'est pas trop bien assis en ce moment, la police, qui est très nombreuse à Naples, a des ordres très sévères pour la surveillance des relations des Napolitains et, au moindre doute, au plus petit soupçon, on arrête et on emprisonne. Aussi Cavalieri, qui n'aime pas beaucoup son roi, mais qui tient à sa peau, craint-il d'être compromis en se promenant avec moi et s'empresse-t-il de prendre une voiture sur la Chiaja. Le prix de cette voiture débattu par lui sera de six carlins. Nous la garderons trois heures. C'est plus qu'il ne nous faut pour aller du lac d'Agnano et en revenir. Aussi me propose-t-il d'allonger un peu notre promenade. Il veut me faire voir une petite chapelle qui appartient au père de sa future. Un prêtre vient dire la messe dans cette chapelle tous les dimanches et toutes les fêtes ; et il espère, si nous nous pressons un peu, y rencontrer son futur beau-père et la jeune fille à laquelle, me dit-il, il est fiancé depuis sa sortie du collège et avec laquelle il doit se marier dans quelques mois. Malheureusement nous avons choisi un corricolo qui est traîné par une mauvaise rosse qui a déjà couru toute la matinée et qui avance assez lentement. Après être sortis de la grotte de Pausilippe, nous prenons un chemin à gauche qui, longeant la montagne de Pausilippe, se dirige en ligne droite vers la mer dans la direction de l'île de Nitida que nous apercevons droit devant nous. La route que nous suivons est bordée de champs de vigne qui ne rapportent rien depuis plusieurs années. Nous traversons une esplanade qui sert de polygone et où l'on essaie les canons sortant des fonderies de Naples ; et au bout de vingt minutes de course, notre voiture s'arrête devant une petite chapelle isolée sur le bord de la route. Le prêtre en sortait au moment où nous arrivions. La messe était finie, et Cavalieri fait une figure assez piteuse en apprenant que la famille qu'il espérait y rencontrer n'y était pas venue. Nous visitons la petite chapelle qui date de 1498 et qui renferme un petit tableau représentant la Vierge. C'est une peinture sur bois qui date de la même année. La chapelle a été complètement restaurée depuis cette époque. Elle renferme un orgue ; son autel est en marbre blanc, quelques bons tableaux sont pendus à la muraille. Nous remontons en voiture et, arrivés au bord de la mer, nous prenons une autre route qui la longe et que nous quittons encore au bout d'un certain temps pour revenir dans l'intérieur des terres. Tout le terrain que nous avons traversé jusqu'ici est plat. C'est le seul plateau qui se trouve de ce côté. Il est entouré de collines assez élevées. En suivant la route du bord de la mer, nous apercevions tout le fond de la baie de Naples : Baïa, le séjour des délices des Romains ; Pouzzoles, où fut décapité saint Janvier, puis au loin la silhouette des îles de Procida, d'Eschia et le cap Misène. C'était une charmante vue que nous avions là, toutes ces terres que des convulsions volcaniques avaient découpées se reflétaient dans la transparence des eaux de la baie qui, plus calmes en ce moment leur servaient de miroir. Le soleil se jouait sur les blanches maisons de Pouzzoles, bâtie en amphithéâtre sur le flanc d'un ancien volcan, et dans toutes les ruines que nous apercevions au loin et qui attestent encore de la grandeur du peuple romain. Il faisait presque calme, le silence qui régnait autour de nous n'était interrompu que par le bruit des lames qui venaient mourir sur la plage de sable que nous côtoyions et par le trot lent et monotone de notre pauvre rosse. Nous ne causions plus depuis quelque temps, absorbés que nous étions l'un et l'autre par les diverses pensées que le spectacle que nous avions sous les yeux suggérait à notre imagination. Nous laissions aller mollement notre esprit à ces douces rêveries, comme nous abandonnions aussi notre corps au balancement régulier du corricolo. Et cet état aurait probablement duré assez longtemps si nous n'avions pas été réveillés et rappelés à la réalité par la voix rauque de notre cocher qui nous priait de descendre. Nous étions arrivés à un endroit où la route s'encaisse en des accidents de terrain charmants. Notre léger corricolo s'enfonçait dans la boue du chemin défoncé. Il avançait difficilement et le guide nous priait de descendre afin qu'ainsi allégé son cheval éprouvât un peu moins de difficultés à le traîner. Nous descendons de voiture et nous prenons la berge de la route, le milieu n'étant guère frayable. Puis, au bout d'un quart d'heure, nous remontons de nouveau en voiture pour en descendre encore quelque temps après, près d'une gorge dans laquelle la route s'enfonce et descend jusqu'au lac d'Agnano. Ce lac qui est entouré de collines était autrefois le cratère d'un volcan ; il peut avoir une demi-lieue de tour tout au plus. Ses eaux noires et sombres bouillonnent entre les roseaux qui poussent sur ses bords : c'est du gaz acide carbonique qui sort du fond du lac et qui se dégage aussi de la terre de ses bords en plusieurs endroits.

Un petit kiosque, appartenant au roi, est situé, au bas du chemin par lequel nous arrivons, sur une petite éminence qui domine le lac. Le roi y vient quelquefois en été assister à des joutes qui ont lieu sur ce lac. A peine arrivés, quatre ou cinq cicérones s'emparent de nous et nous sommes obligés de les subir tous, car il y a d'abord le cicérone général qui conduit partout, puis les cicérones particuliers pour la grotte du chien, la grotte ammoniacale, les bains sulfureux, etc., etc., et figurez-vous bien que tous ces endroits sont éloignés au plus de cent pas les uns des autres ; mais chacun des guides particuliers est détenteur d'une clef, et cette clef peut seule ouvrir la porte d'entrée de l'endroit qu'il garde et, plutôt que de s'en retourner après avoir fait une course inutile, on est bien forcé d'en passer par les conditions que ces sangsues-là vous imposent. Nous visitons d'abord la grotte du chien. C'est une petite excavation dans le flanc de la colline de quatre pieds de haut sur cinq ou six de profondeur et creusée de un pied au-dessous du sol. Le cicérone entre dedans et nous fait entrer après lui. L'air supérieur dans la grotte ne diffère pas de l'air extérieur, il y fait seulement plus chaud, mais du sol de cette grotte se dégage une très grande quantité d'acide carbonique qui, vu sa pesanteur spécifique plus forte que celle de l'air, ne s'élève qu'à un pied de terre, c'est-à-dire à la hauteur à laquelle se trouve placée l'ouverture. Le guide nous fait prendre avec le creux de la main de l'acide carbonique dans la partie inférieure et, en portant vivement la main à la bouche, après nous être courbés un peu, nous sentons l'odeur piquante et suffocante de cet acide que nous avons recueilli dans le creux de notre main. Après cette expérience, le guide s'empara d'un mauvais roquet qui l'avait accompagné et, le tenant par les quatre pattes, il le plongea dans l'acide carbonique qui séjourne sur le sol de cette grotte. La pauvre bête, habituée à ces expériences, nous regarda d'abord avec des yeux suppliants : il semblait vouloir nous dire d'implorer sa grâce auprès de son maître. Puis le manque d'air vivifiant se faisant sentir pour lui dans cette atmosphère d'acide carbonique où il était plongé, le fit se roidir et bondir énergiquement d'abord ; il trembla de tous ses membres. Ses forces l'abandonnèrent peu à peu, il s'affaissa sur lui-même, ses yeux se fermèrent et sa bouche se remplit d'écume. A ce dernier indice, le cicérone le sortit immédiatement et le jeta hors de la grotte sur le gazon à quelques pas de nous. Encore quelques secondes et la pauvre bête était asphyxiée ! Il soufflait bruyamment, sa gueule écumait ; mais petit à petit l'influence bienfaisante de l'air pur se fit sentir, il respira plus lentement, se leva d'abord sur ses pattes de devant en vacillant et se traînant ainsi quelques pas ; puis ses nerfs des pattes de l'arrière se détendirent : il fit un effort et se trouva debout chancelant comme s'il avait été ivre. Quelques minutes après, il sautait et gambadait auprès de nous comme si rien n'était arrivé pour lui quelques instants avant.

Après l'expérience du chien, nous eûmes l'expérience de la torche. Une torche de résine est allumée par le cicérone dans la partie supérieure de la grotte. Elle flambe et

brûle parfaitement, mais il la baisse et aussitôt qu'elle arrive aux couches d'acide carbonique de la partie inférieure, elle s'éteint en dégageant une épaisse fumée blanchâtre.
Il secoue fortement sa torche dans l'acide carbonique, une grande quantité de fumée se
dégage et forme un épais nuage qui ne s'élève pas au-dessus de l'acide carbonique et
qui ondule avec lui comme la surface de la mer quand elle est agitée.

Après la grotte du chien, nous visitons la grotte ammoniacale, percée dans la
même colline à une centaine de pas. C'est une excavation à peu près de la même
dimension que la première et les mêmes expériences y sont répétées. Le guide prétend
que cette grotte dégage de l'ammoniaque. Cela peut être, mais je n'en ai pas reconnu
l'odeur et je pense que, s'il y en a, il y en a très peu, mélangé à beaucoup d'acide
carbonique.

De là nous allons visiter des bains sulfureux qui se trouvent près de l'endroit par
où nous sommes arrivés et aussi au bord du lac. C'est une suite de chambres basses
creusées en partie au-dessous du sol qui dégage en grande quantité des vapeurs très
chaudes de salpêtre, de soufre et d'eau minérale. Divers orifices sont ménagés dans le
sol ou dans les murs, suivant les parties malades que l'on veut traiter. Ici c'est un trou
à la hauteur de la tête pour les maux d'yeux et d'oreilles ; plus loin, un trou dans le sol
pour les maux de pied, des baignoires pour le corps, etc. Il fait une très grande chaleur
dans ces petites salles, les murs en sont couverts de salpêtre sublimé et on en sort
imprégné de vapeur et les vêtements humides. Des orifices sont ménagés à la partie
supérieure pour laisser sortir la vapeur. Les chambres des cicérones font corps avec les
premières et, en sortant de ces étuves, on y sent une très grande différence de température, quoiqu'elles soient cependant assez chaudes.

Derrière ces maisons se trouvent des ruines romaines : on croit que ce sont les ruines
d'une ancienne fabrique d'eau minérale et d'une ville, la ville de Lencule, en partie
engloutie dans le lac. Cette fabrique d'eau minérale romaine forme une partie du flanc
de la colline : c'est un grand pan de mur bâti en briques cimentées entre lesquelles on
a placé, de distance en distance, des tuyaux arrondis par où l'eau s'écoulait.

Un peu plus loin, on nous montre des sources d'eau bouillante.

Près de tout cela se trouve un casino (restaurant). Une paysanne italienne assez
pimpante et pas mal émoustillée nous offre d'y entrer ; mais comme, au dire de mon
compagnon, elle a assez l'habitude d'écorcher les voyageurs, nous la remercions et nous
reprenons le chemin où nous avons laissé notre voiture.

Un mendiant que nous rencontrons me cède pour trois grana un sou romain qu'il
dit avoir trouvé dans la terre, au bord du lac.

ILE TROBRIAND

(Extrait du journal de l' « Anne-Marie », capitaine Émile Eudel)

Jeudi 6 juillet 1871. — *Midi 1/2.* — J'aperçois à la longue-vue des hommes sur le sable blanc qui borde l'île Trobriand...

1 h. 10 soir. — Nous sommes à 400 mètres de terre,
Beaucoup de naturels suivent le navire sur la côte, portant des provisions.

1 h. 15 soir. — Nous sommes à 300 mètres du récif qui déborde la terre au plus de 30 mètres ; puis, il y a une plage de sable fin en talus de 10 mètres environ, et les arbres forment ensuite un fourré épais. L'île n'est guère plus élevée que les arbres, nous entendons très bien les cris des naturels qui nous appellent en nous suivant : ils crient *Oh-you! Oh-you!* en appuyant sur la dernière syllabe.

1 h. 20 soir. — Nous sommes à 100 mètres de l'accore du récif qui ne brise pas, car la mer est littéralement plate, on le reconnaît seulement facilement à sa couleur vert clair. Il y a à peine un pied d'eau dessus et il semble riche en coraux des tropiques. Sous le navire l'eau est d'un bleu foncé et indique un grand fond.

Les naturels sont à ce moment environ 150, formant un long ruban qui nous suit, serpentant le long de la côte ; mais le nombre grossit à chaque instant. Ils nous suivent persuadés que nous allons communiquer avec eux et beaucoup portent des provisions. Ils sont totalement nùs, leur peau est d'un brun foncé. Ils portent une énorme chevelure crépue, les hommes ont un *langouti* fait en feuilles de bananier, les femmes ont une ceinture de paille comme celles des nègres des Bissagos que j'ai dans mes collections. Plusieurs d'entre eux ont des bracelets rouges aux bras et quelques-uns sont armés de lances et d'arcs. Ils s'avancent jusqu'au bord du brisant, agitant des branches vertes et criant : *Oh-you ! Oh-you!* Mouille ! Mouille ! Ce dernier mot nous intrigue beaucoup. Puis, voyant leurs efforts infructueux, ils reprennent leur file qui grossit de plus en plus à chaque instant et tout en marchant rapidement pour nous suivre ils continuent à pousser leurs cris...

Beaucoup de requins nous suivent. Nous en prenons trois aux lignes de traîne, et ils sont tellement nombreux qu'en hâlant à bord l'un d'eux, nous n'en tirons que la moitié. Un de ses confrères lui a coupé le corps en deux pendant que nous le hâlons.

2 heures soir. — Nous doublons la pointe nord. Cette pointe est à l'est du Port-Denis qui forme une petite baie. Près de cette pointe, sur le récif, il y a un petit îlot formé de roches minées par le bas et couvertes d'arbres. Sur la partie est de la baie Denis, il y a une petite plage de sable. Le côté ouest de la baie Denis est formé d'une espèce de falaise de roches à pic, minées par le bas et stratifiées verticalement, puis totalement couvertes d'arbres. Il n'y pas de récif au pied de cette falaise : l'eau y paraît d'un bleu foncé...

2 h. 25 soir. — Venu en travers, cap à l'est, vents du S.-E., pour attendre deux pirogues montées chacune par cinq hommes qui se dirigent sur nous. Après quelques instants d'hésitation, ces pirogues nous accostent ; elles sont construites d'un tronc d'arbre creusé, les naturels se servent de pagayes. Ces pirogues n'ont aucun armement, des montants placés en dehors verticalement et formant fourche supportent leurs ustensiles de pêche. Elles sont à balancier.

Sur nos instances réitérées et après beaucoup d'hésitation, trois des naturels montent à bord. Le premier qui paraît sur la lisse tremble de tout son corps, ses yeux sont intelligents et expriment la frayeur qu'il ressent. Cette race est tellement porté vers le vol que le premier mouvement de ce sauvage est de s'emparer d'un vieux clou rouillé qu'il cherche à dissimuler sous l'étroite ceinture de son *langouti*.

J'avais par avance fait porter derrière, pour arriver à des échanges, la vieille ferraille du bord, un certain nombre de cercles de barriques coupés en fragments de un pied de longueur et des bouteilles vides ; le tout était caché à bâbord sur la dunette pour ne point divulguer nos richesses. Mais ce malencontreux clou se trouvait seul à tribord sur le roufle où je l'avais posé après m'en être servi pour le retirer à bord, en le leur montrant de loin. Le larcin avait été commis fort adroitement, mais je l'avais aperçu. Je repris mon clou en cherchant par mes signes à faire comprendre au sauvage que l'acte qu'il venait de commettre méritait une répression. Ses yeux exprimèrent à ce moment tant de crainte, ses jambes flageolaient tellement sous lui que j'en eus pitié et comme après tout je ne voulais leur laisser qu'une bonne impression de notre passage, je le pris simplement par le bras et le fis accroupir sur la dunette à côté du timonier. Il s'y prêta avec la plus grande facilité, semblant heureux d'en être quitte à si bon marché. Trois autres qui montèrent à bord vinrent, sur mes signes, se placer en cercle à côté de lui et je m'assis au milieu d'eux.

C'étaient tous de beaux gaillards, bien bâtis, fortement musculés qui, certes, dans la lutte, auraient eu le dessus sur le plus fort d'entre nous. Et cependant leur attitude était suppliante, ils tremblaient de tous leurs membres, leurs yeux exprimaient réellement la crainte et l'angoisse. Ce devait être pour eux un grand acte de courage que d'avoir franchi la barrière qui nous séparait et de s'être pour ainsi dire livrés à notre merci.

Ces *papous* portaient au cou comme ornement un collier en fleurs odoriférantes enfilées dans un lien de pandanus. Leur costume était celui que j'ai déjà décrit : un simple *langouti* formé d'une feuille étroite de pandanus, serrée autour du corps par un léger cordon. La cloison du nez est percée, ils y passent un fragment de bambou de plus d'un centimètre de diamètre et de la largeur des deux narines. Quelques-uns ont un lien formant bracelet à l'avant-bras. Leur chevelure crépue est très forte, ils y introduisent un long peigne en bambou à cinq dents qui leur sert fréquemment à se gratter.

Ils refusent de boire de l'eau-de-vie : ils ne la connaissent pas, heureusement pour eux. Par leurs signes, ils nous engagent beaucoup à aller à terre et nous désignent dans ce but les embarcations hissées sur les porte-manteaux. Quoi que nous ne nous comprenions que par signes, je réussis à apprendre quelques mots de leur langue qui est fort douce :

Hohotah, filet ; *cavicahileh,* pagaye ; *kema-kema,* objet en fer ; *mohon-hi,* natte ; *cavicail,* navire ; *tovahiahillé,* homme ; *caloubouchi,* bouteille ; *couloucou,* tête ; *Labahi-Papayakide,* baie à l'ouest de la baie Denis ; *Kaïbolo,* baie Denis ; *Kaïlehoulo,* l'île du Nord ; *tahitou,* igname ; *bihime,* donne-moi.

Désirant faire quelques échanges, je leur découvre mes trésors de ferraille : leurs cris d'admiration en présence de ces richesses peint bien leur étonnement ! Frappant la bouche à coups répétés avec l'extrémité des doigts ils sifflent à moitié le cri *ou !* La convoitise brille dans leurs yeux, ils se sont tous levés à l'aspect de ces quelques kilogrammes de vieux fer rouillé et nous éprouvons, à les faire s'accroupir de nouveau, la même difficulté qu'on éprouverait à retenir des enfants en présence d'une belle assiette de fruits. Je les autorise l'un après l'autre à aller visiter notre *mine d'or*, mais ils connaissent le fer et savent choisir les bons morceaux. Par leurs signes et leurs gestes, nous comprenons bien qu'ils demandent des haches. Les bouteilles vides leur sourient peu. L'un d'eux auquel je donne avant le départ, croyant lui faire un riche cadeau, un cercle entier en fer, semble d'abord le considérer en se demandant quel est l'emploi qu'il pourra en faire ; il m'indique en frappant verticalement de la main qu'il préférerait une hache. Puis se ravisant il passe le cercle autour de son corps en bandoulière et tapant du pied en cadence il nous donne une idée de la danse du pays : l'utilité de mon cercle est trouvée. Ce sera un *ornement* pour les jours de fête.

Peu à peu ils se sont totalement apprivoisés et l'un d'eux, même, sans respect et sans crainte, se permit de venir me tâter les bras et les jambes pour s'assurer si je suis bien bâti de chair et d'os comme lui.

Les requins que nous avons pris et qu'ils aperçoivent leur font de nouveau pousser leur cri d'admiration *Ou ! Ou !* La générosité dont je fais preuve en leur en donnant deux semble leur faire le plus grand plaisir.

En échange d'un peu de vieille ferraille, de trois bouteilles vides et de deux requins, j'ai obtenu d'eux : deux cocas, quatre ignames, une mauvaise petite écaille de tortue, six filets et une ligne de pêche, une natte, trois pagayes et un peigne. C'est tout ce

14

qu'ils possédaient. Leurs filets sont bien faits, construits en fibres d'arbres ; ce sont de petites seines de un pied et demi de haut sur vingt-cinq pieds de long, garnis inférieurement de coquilles percées et supérieurement de flotteurs en bois léger, servant à draguer sur le récif. Leur natte est composée de feuilles de pandanus cousues avec des fibres et grossièrement peinte en zig-zags rouges...

(LA S'ARRÊTE LE JOURNAL D'ÉMILE EUDEL).

TABLE DES MATIÈRES

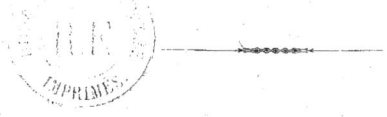

Savenay. — Imprimerie Allair et Huteau.

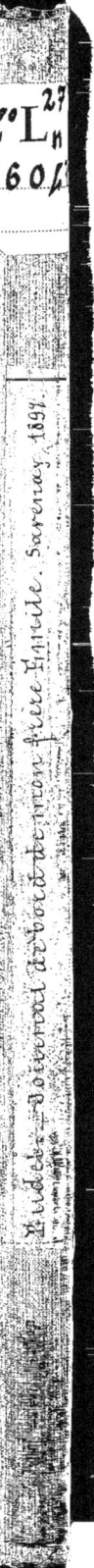

Études. — Souvent devoté de mon frère Émile. Sarenay, 1891.